ROTER SCHNEE

Roman

von

Thomas Rösl

Erstauflage 2012

Handlung und Personen dieses Romans sind frei erfunden. Jede Ähnlichkeit mit realen Personen oder Firmen wäre unbeabsichtigt und rein zufällig.

Herstellung und Verlag:

Books on Demand Gmbh, Norderstedt

ISBN 978-3-8482-0838-8

Für Edeltraud

FSC
www.fsc.org

PROLOG

Garmisch Partenkirchen

Irgendwann im Winter

„Mist!“
Ludwig Angerer hielt sich mit der rechten Hand krampfhaft an dem Eispickel fest, den er gerade in die glänzende Wand vor sich eingeschlagen hatte, während seine Füße, um deren Schuhe die Eishakeneinsätze geschnallt waren, einen Moment lang in der Luft baumelten.
Er suchte mit der freien, linken Hand einen Felsspalt, der vom Eis verschont worden war und bekam nun auch mit dieser Hand wieder festen Halt. Er schnaufte einen Moment durch, dann suchte er instinktiv mit seinen Füßen nach einem Vorsprung, um seine Hände wieder etwas entlasten zu können.
Es dauerte einige Sekunden, dann fanden beide Füße wieder Halt und Angerer atmete auf. Der Atem gefror sofort zu Rauch und er überlegte wieder, ob es eine gute Idee gewesen war, ausgerechnet im Januar diese Wand zu besteigen.
Doch war er schon immer ein Abenteurertyp gewesen und außerdem konnte niemand von sich behaupten, schon einmal im Winter diese Wand bestiegen zu haben.
Er blickte kurz nach unten, wo sich die Wand senkrecht etwa fünfhundert Meter in die Tiefe zog, wo ein Abhang begann, der bis zu der Hütte führte, von der aus er vor vier Stunden aufgebrochen war.
Er hatte dort seinen Wagen stehen gelassen und war nach kurzer Besichtigung der Wand vor ihm aufgebrochen.
Jetzt befand er sich noch etwa zweihundert Meter unterhalb des Gipfels und nach seiner Berechnung konnte er ihn in ein bis zwei Stunden erreichen.
Er hing wie ein Klammeraffe in der fast vollständig mit

Eis überzogenen Wand und besaß neben einem Rucksack, in dem einige Ausrüstungsgegenstände wie ein Notzelt und Nahrungsmittel für zwei Tage lagen, nur den wasserdichten Bergsteigeranzug, den er trug, das Seil, an dem er sich sichern konnte und das Bolzenschussgerät, dem er sich ab und zu bediente.
Er prüfte seinen Stand, dann langte er mit der linken Hand zum Gürtel und löste das vorgenannte Gerät, in dem bereits ein weiterer Sicherungsbolzen steckte.
Er blickte über sich, fand eine Lücke in der Eisplatte und jagte den Bolzen ins Gestein. Der Knall wurde durch die Wand zurückgeworfen und würde sicher in einiger Entfernung zu hören sein, doch wusste er, dass sich um diese frühe Morgenstunde kaum jemand in diesem Teil der Alpen befand.
Angerer befestigte das Gerät wieder an seinem Gürtel, löste dann einen Sicherungshaken und befestigte ihn an dem Bolzen, dann hängte er sein Seil ein und blickte nach oben, um die nächsten Schritte zu planen.
Er hatte diese Wand im Sommer schon einige Male durchstiegen, doch im Winter war das schon eine andere Geschichte. Nach seinem Wissen befand sich etwa zehn Meter über ihm ein kleines Plateau, etwa so groß wie zwei Tischtennisplatten, auf dem er sich etwas ausruhen konnte, ehe er an den Gipfelsturm denken konnte.
Angerer blickte nach unten, sah einen kleinen Vorsprung und testete mit seinem linken Fuß dessen Sicherheit.
Dann zog er sich wieder ein Stück nach oben und gelangte an der Stelle vorbei, die ihm beinahe zum Verhängnis geworden wäre.
Angerer atmete tief durch und wuchtete seinen 1, 90 m

großen Körper mit den breiten Schultern wieder ein Stück nach oben. Jetzt befand er sich auf einem Teilstück, das vom Eis verschont worden war und so konnte er sicher sein, ohne weitere Hilfen das Plateau zu erreichen.
Seine Augen suchten nach einem weiteren Haltepunkt, fanden ihn und wenig später fasste seine linke Hand den Rand des Plateaus.
Er atmete erleichtert auf und warf den Eispickel mit der anderen Hand auf die Fläche, um beide Hände frei zu haben. Er zog sich wieder ein Stück nach oben und konnte schon fast mit den Augen auf Höhe der Kante blicken, als seine linke Hand plötzlich ein menschliches Bein packte und Angerer für einen Moment erschrak.
Er fasste sich schnell wieder und zog sich endgültig auf Augenhöhe mit der Kante des Plateaus.
Er blickte den Mann an, der jetzt auf ihn herab blickte, dann folgte eine letzte Kraftanstrengung und er stand auf dem Plateau.
Der andere Mann war ähnlich gekleidet wie Angerer und hatte seine Ausrüstung hinter sich an der Wand lehnen, während er mit verschränkten Armen und einem leichten Lächeln wartete, bis Angerer wieder zu Atem gekommen war.
Dieser blickte den anderen Mann an und brach schließlich das Schweigen.
„Was machst Du denn hier?“
Der Andere ließ die Hände sinken und deutete über die Schulter.
„Ich wollte dir nicht die Befriedigung gönnen, der erste zu sein, der die Wand im Winter besteigt!“

Angerer zuckte mit den Achseln. „Das würde mich nicht stören, wenn ich nur der zweite Mensch bin, der so hinauf kommt. Woher wusstest Du, dass ich heute hier sein würde?“
„Ich bin ein gut informierter Mann, das solltest du inzwischen wissen.“
Angerer hatte sich wieder einigermaßen unter Kontrolle und stemmte die Fäuste in die Seiten.
„Ich dachte, dass ich zumindest hier am Berg meine Ruhe vor dir hätte.“
Der Andere lachte: „Ruhe wirst du erst haben, wenn die Sache endlich erledigt ist.“
Angerer winkte ab. „Ich rede heute nicht über das Geschäft, ich bin zum Vergnügen hier und habe noch einige Meter vor mir. Wenn du mich jetzt entschuldigst, ich will einen Rekord brechen.“
Angerer wollte an dem Mann vorbei, doch dieser hielt ihn am rechten Arm fest.
„Wir sind noch nicht fertig miteinander!“
Angerer löste sich von dem anderen. „Doch, das sind wir!“
Er wandte seine Aufmerksamkeit auf die Wand, die vor ihm lag und das nutzte der andere Mann aus. Er nahm seine Kraft zusammen, stieß Angerer mit Wucht nach hinten, so dass dieser beide Arme in die Luft warf und verzweifelt nach Halt suchte.
Er fand jedoch keinen, sein rechter Fuß griff ins Leere und mit einem Schrei fiel er nach hinten über die Kante des Plateaus.
Er hielt sich mit beiden Händen am Sicherungsseil fest, das insgesamt an vier Haken befestigt war, doch die

Länge reichte aus, dass er erst einmal etwa dreißig Meter in die Tiefe fiel.
Dann erfolgte ein Ruck und die Wucht ließ ihn gegen die Eiswand knallen, so dass er sofort das Bewusstsein verlor.
Angerer baumelte schaukelnd am Seil, während das Gewicht seines Körpers die Festigkeit der Sicherungshaken beanspruchte.
Der andere Mann blickte über die Kante und schüttelte den Kopf.
„Du bist schon immer zu sicher gewesen."
Er ließ seinen Rucksack liegen, befestigte sein eigenes Seil an dem Haken, den er vor einiger Zeit schon auf dem Plateau befestigt hatte und ließ sich vorsichtig hinunter.
Zwei Minuten später befand er sich an der Stelle, an der Angerers oberster Sicherungshaken in der Wand steckte.
Er blickte auf Angerer, der unter ihm wie eine Gliederpuppe am Seil hing und langsam ausschaukelte.
Der Mann griff mit der linken Hand in die Jackentasche und holte ein Schnappmesser heraus. Er ließ die Klinge aufschnappen und setzte sie an das Seil des Mannes unter ihm.
„Guten Flug!"
Der Mann ließ die Klinge langsam und vorsichtig über das Seil gleiten, so dass kein sauberer Schnitt übrig bleiben konnte. Als er etwa mehr als die Hälfte durch hatte, hörte er ein leises reißendes Geräusch und steckte die Klinge wieder ein.
Er blickte auf die Bruchstelle, wo der Stoff immer weniger wurde, dann erfolgte ein kurzer Ruck und der Körper von Angerer fiel in senkrechten Winkel nach

unten.
Der Körper schlug am Anfang des Schräghanges auf und rutschte dann noch einige dutzend Meter weiter, ehe er schließlich liegen blieb.
Der Killer lächelte und zog sich wieder am Seil nach oben. Auf dem Plateau angekommen, schulterte er seinen Rucksack und blickte sich noch einmal um.
Beweise für seine Anwesenheit würde man nicht finden, der Haken konnte schon länger hier sein und sonst hatte er nichts zurück gelassen, was auf ihn hindeutete.
Der Mann lächelte noch einmal zufrieden, dann wandte er seine Aufmerksamkeit nach links, wo sich die Trasse befand, über die er hierher gekommen war.
Auch er hatte einige Zeit gebraucht, um an diese Stelle zu kommen, doch war sein Weg von Angerer nicht bemerkt worden, da er erst auf den letzten Metern von dessen Route gesehen werden konnte.
Er befestigte sein Seil an einem der nächsten Haken, die er benutzt hatte und stieg vorsichtig über die Kante des Plateaus nach links.
Die Wand zog sich hier in einem fast rechten Winkel weiter und führte dann auf ein Geröllfeld, das im Sommer von vielen Wanderern besucht wurde, die vor der Wand selber zurück schreckten, jedoch bis zu diesem Punkt vordrangen, um dort Fotos von sich machen zu lassen.
Der Mann stieg die Wand in weniger als einer Stunde nach unten und befand sich schließlich etwa fünfhundert Meter Luftlinie von der Stelle, an der Angerers Leiche lag.
Der Mann packte sein Seil zusammen und machte sich

dann auf den Weg zu seinem Wagen, der über einen anderen Weg zu erreichen war, so dass er keinesfalls am Tatort vorbeikommen konnte.
Zehn Minuten später hatte er seinen Land Rover erreicht, packte seine Ausrüstung in den Kofferraum und tauschte die Fußbekleidung.
Er schnürte seine Turnschuhe, dann stieg er ein und blickte noch einmal in den klaren Himmel über sich.
Es würde ein schöner Tag werden, das erfüllte ihn mit Zufriedenheit.
Er startete den Motor und machte sich auf den Heimweg.

Erstes Kapitel

Kommissar Roger Moor öffnete die Augen und blickte sich um. Die Uhr auf dem Nachttisch zeigte die fünfte Stunde, also hatte er acht Stunden durchgeschlafen.
Er nickte zufrieden, denn Schlaf hatte er in den letzten Tagen kaum bekommen.
Er gähnte herzhaft und drehte sich auf den Rücken. Seine linke Hand fuhr suchend zur Seite und berührte kurz darauf den Körper der Frau, die schlafend neben ihm lag. Moor drehte den Kopf zur Seite und blickte Edeltraud ins Gesicht. Sie atmete ruhig und gleichmäßig und hatte die Hände unter den Kopf geschoben, um höher zu liegen. Moor lächelte und fuhr mit der Hand vorsichtig durch ihr Haar, dann drehte er den Körper und lag nun zu ihr hin gewandt.
Sie befanden sich in Moors Wohnung, da ihr eigenes Apartment in einem Haus lag, in dem auch zwei ihrer Kolleginnen ihre Bleibe hatten und beide waren darauf bedacht, dass man ihr Zusammensein nicht bemerkte.
Es war ohnehin schwer genug, in einer Stadt wie Garmisch Partenkirchen miteinander auszugehen, ohne einem oder mehrere Kollegen über den Weg zu laufen.
Das ging nun seit über einem Jahr gut und Moor befand sich endlich in einer längeren Beziehung, mit einer Partnerin, auf die er sich stets verlassen konnte und zu der er stand.
Das war für ihn das Wichtigste, jemanden zu haben, der ihn so nahm, wie er war, mit allen seinen Stärken und Schwächen, die er hatte. Aber sie stand zu ihm, so wie er zu ihr und Moor dachte schon seit einigen Wochen

darüber nach, sie endlich zu fragen, ob sie nicht zusammenziehen wollten.
Moor blickte wieder in ihr Gesicht, studierte ihre Linien, ihr Haar und ihr makelloses Äußeres. Manchmal hat man eben Glück, dachte er und dieses Glück wollte er unbedingt festhalten.
Edeltraud seufzte laut und einen Moment später öffnete sie die Augen. Sie blickte in Moors Gesicht und schon lag ein Lächeln auf ihrem Antlitz.
„Guten Morgen!“
Moor nickte leicht. „Gut geschlafen?“
Edeltraud schob die Decke ein Stück nach unten und richtete ihr T-Shirt, das sie immer zum Schlafen trug.
„Kann man wohl sagen. Und du?“
„Ich kann nicht klagen.“
Sie schob sich zu ihm und schob ihren rechten Arm unter seinen Kopf. Moor strich mit der Hand über ihr Gesicht und lächelte wieder.
„Können wir nicht einfach liegen bleiben?“
Sie warf einen Blick über seine Schulter auf die Uhr und sagte dann: „Zwoa Stunden, dann ruaft die Pflicht wieder.“
Moor nickte. „War Zeit für an Urlaub!“
Edeltraud entgegnete: „Aber wenn mir beide zur gleichen Zeit gehen, dann fällt es leider auf.“
Er streichelte ihren Oberarm und zuckte mit den Achseln. „Des is mir irgendwann egal, wenn´s uns miteinander sehen.“
Sie lächelte. „Eigentlich mir auch, doch provozieren müssen wir´s auch ned.“
Moor küsste sie auf die Stirn und fuhr mit der rechten

Hand unter die Bettdecke. Er strich über ihren linken Oberschenkel und meinte dann: „Nutz´ die Zeit, heißt es in einem Gedicht.“
Sie wollten sich gerade küssen, als hinter Moor das Handy losklingelte.
Er löste sich von Edeltraud und ließ einen leisen Fluch hören.
„Was is denn jetzt scho los?“
Edeltraud winkte ab. „Um die Zeit ruaft mi koana, den i kenn, an.“
Wie auf Kommando vibrierte auch ihr Handy, das hinter ihr auf dem Nachttisch lag und sie schüttelte den Kopf.
„Na super!“
Sie nahmen gleichzeitig ab und meldeten sich so, dass ihre Gesprächspartner den jeweils anderen nicht hören konnten.
Nach etwa einer Minute verabschiedeten sich beide und legten die Handys auf den Nachttisch zurück.
Moor blickte wieder zu Edeltraud. „A Leich!“
Sie nickte. „A ziemlich tote Leich!“
Moor lachte kurz und beide schoben die Bettdecke von sich. Sie erhoben sich und gingen gemeinsam ins Bad.
Moor blickte in den Spiegel über dem Waschbecken und begann dann, sich nass zu rasieren, während Edeltraud ihre Nachtwäsche ablegte und in die Dusche stieg.
Moor hatte sich schnell rasiert und benutzte gerade sein After Shave, als Edeltraud die Duschkabinenwand aufschob und meinte: „Wenn du mit rein springst, geht's schneller und wir sparen Wasser.“
Moor drehte den Kopf leicht zu ihr. „Is denn gnua Platz?“

Sie winkte ihn zu sich. „Jetzt spring nei!“
Er war mit einem Satz in der Duschwanne und einen Moment später seifte er Edeltraud den Rücken ein.

………………..

Fünfzehn Minuten später standen beide angezogen im Gang und Moor gab Edeltraud den Zweitschlüssel, den er schon vor langer Zeit anfertigen hatte lassen.
„Ich gehe schon mal, damit uns keiner zusammen sieht.“
Sie nickte. „I komm dann mit meiner Rostkutschen nach.“
„Bis nachher!“
„Servus!“
Moor öffnete die Wohnungstür und warf Edeltraud noch einen Luftkuss zu, dann machte er sich auf den Weg nach unten.
Wenig später stand er vor seinem Wohnhaus und blickte sich um. Es hatte in der Nacht nur wenig geschneit, so dass die Fahrzeuge kaum vereist waren.
Moor ging zu seinem Wagen, sperrte auf und setzte sich hinein. Er startete den Motor und lenkte den Wagen auf die geräumte Straße, dann folgte er dem schwachen Verkehr um diese Zeit in Richtung Präsidium.
Er dachte wieder an die vergangene Nacht und ein Lächeln fuhr über sein Gesicht.
Dann richtete er seine Aufmerksamkeit auf die nun vor ihm liegende Aufgabe.
Die Informationen aus dem Präsidium waren nur spärlich gewesen. Alles, was er erfahren hatte, war, dass man eine Leiche am Fuße einer Steilwand gefunden hatte,

offensichtlich ein Bergsteiger, der abgestürzt war.
Moor schüttelte den Kopf, bei dem Gedanken, mitten im Winter einen Berg hoch zu klettern, noch dazu alleine.
Aber Verrückte gab es leider immer mehr und die Zahl der Bergunfälle im letzten Jahr war sprunghaft angestiegen.
Moors Arbeit in jenem Jahr hatte meistens mit solchen Unfällen zu tun gehabt, daher war er jetzt nicht gerade begeistert, bei dem Gedanken, wieder einen Unfallbericht zu tippen.
Ein Mord wäre wieder mal eine Abwechslung, dachte er, doch beim Gedanken an seinen letzten Mordfall kamen wieder die Erinnerungen hoch und die wollte er nicht mehr in seinem Kopf haben.
Er schaltete einen Gang hoch und überholte einen Käfer, in dem sich einige Jugendliche befanden, die die vorige Nacht anscheinend durchgezecht hatten und jetzt auf dem Nachhauseweg waren.
Moor warf ihnen beim Überholen einen warnenden Blick zu, dann war er schon ein gutes Stück weiter und erreichte fünf Minuten später den Parkplatz des Präsidiums.

Zweites Kapitel

Als Moor aus seinem Wagen stieg, kam gerade Sybille Müller die Treppe vom Eingang herunter. Die neue Sekretärin von Marius Gutschenleder war erst seit zwei Wochen hier tätig, nachdem ihre Vorgängerin nach München versetzt worden war.
Moor hatte in diesen Tagen nur wenig mit ihr reden können, alles was er von seinen Kollegen wusste, war, dass sie verheiratet war, Ende 20 und mit ihrem Mann in Eschenlohe wohnte.
Sie kam auf ihn zu und blickte ihn aus ihren braunen Augen an.
„Guten Morgen, Kollege Moor!"
Moor nickte. „Frau Müller, was gibt es?"
Sie zog ihre Winterjacke enger an den Körper und reichte ihm einen Zettel.
„Leichenfund am Fuße der Wankenwand. Näheres von den Kollegen vor Ort."
Moor nahm den Zettel und nahm aus dem Augenwinkel wahr, dass Edeltraud mit ihrem Wagen in diesem Moment auf den Parkplatz fuhr.
„Nicht gerade der nächste Weg."
Sybille lächelte. „Deswegen wartet hinter dem Haus der Helikopter, um Sie und Kollegin Hofmann dorthin zu bringen."
Moor wartete, bis Edeltraud ausgestiegen war und zu ihnen getreten war, dann sagte er: „Dann wollen wir mal!"
Sybille drehte sich um und verschwand wieder im Inneren des Präsidiums, so dass Moor und Edeltraud

unter sich waren.
„Wankenwand, anscheinend ein Wahnsinniger, der im Winter da hinauf wollte.“
Edeltraud nahm den Zettel und las die wenigen Informationen durch.
„Die werden nicht weniger.“
Moor setzte sich in Bewegung und sie folgte ihm auf den Fuß.
„Wohin?“
Moor lächelte. „Ein Helikopterflug in der Morgenstunde, das wäre doch jetzt was.“
Sie steckte den Zettel weg. „Und das bei meiner Flugangst.“
Sie passierten die rechte Seite des Gebäudes und erreichten die Rückseite, wo sich der Landeplatz des Helikopters befand, der sich erst seit wenigen Monaten im Einsatz befand.
Ehe sie einstiegen, reichte einer von Edeltrauds Mitarbeitern ihr ihre Tasche mit den nötigen Werkzeugen, dann schloss Moor die Schiebetür und die Rotorblätter setzten sich in Bewegung.
Edeltraud und Moor nahmen nebeneinander Platz, während die beiden Piloten die Maschine hochfuhren. Der begleitende Offizier nickte den beiden zu und setzte sich ihnen gegenüber.
Eine Minute später befand sich der Rotor in voller Geschwindigkeit und die Maschine hob ab. Edeltraud packte Moors rechte Hand krampfhaft und er schenkte ihr ein beruhigendes Lächeln.
Die Maschine gewann schnell an Höhe und wenig später überflogen sie das Zentrum von Garmisch und verließen

die Stadt in Richtung Norden.
Der Flug über das im Morgengrauen liegende Alpenpanorama dauerte etwa fünfzehn Minuten, dann ging der Helikopter in den Sinkflug und setzte wenig später auf einer relativ großen und vom Schnee befreiten Grasfläche auf.
Ein Einsatzwagen stand einige Meter entfernt und der Beamte wartete, bis der Rotor stillstand und Moor mit Edeltraud ausgestiegen war, dann winkte er die beiden zu sich.
Sie nickten ihm zu und stiegen ein, wenig später fuhr der Wagen mir Vierradantrieb die leicht mit Eis überzogene Feldstraße hinauf, die sich in zahlreichen Windungen bis zu der Wand hinzog, an deren Fuß jetzt mehrere Einsatzfahrzeuge befanden, sowie ein Krankenwagen des Hospitals von Garmisch.
Kurz darauf hielt der Wagen und die drei Personen stiegen aus. Moor und Edeltraud gingen langsam auf die Stelle zu, an der der Leichnam lag, um den vier Beamte standen, von denen einer Fotos machte.
Moor nickte einem der Beamten zu. „Morgen, Herr Kollege Stockbauer!“
Der Angesprochene drehte sich um und lächelte. „Ah, unser Spezi von der Mordkommission und die Herrin der Spurensicherung! A schene Zeit, um den Dienst zu beginnen.“
Edeltraud blieb neben der Leiche stehen und setzte ihre Tasche ab.
„A wärmeres Wetter war mir liaba g´wesen.“
Sie kniete sich neben der Leiche hin, die seltsam verrenkt da lag und begann ihre Untersuchungen.

Moor wandte sich an Stockbauer, einem der älteren Kollegen der Polizei.
„Papiere?“
Der Mann nickte. „Im Rucksack. Ludwig Angerer!“
Moor blickte ihn an. „Der Eigentümer der Softwarefirma?“
Stockbauer deutete auf die Leiche. „Der ehemalige Eigentümer!“
Moor ignorierte den Sarkasmus in der Stimme seines Kollegen und kniete sich neben Edeltraud.
„Anscheinend abgestürzt.“
Edeltraud betastete den steifen Körper und blickte dann auf die Überreste des Seils, die noch an den Sicherungshaken befestigt waren.
Sie zog das Ende des Seils zu sich heran und blickte an die Rissstelle.
„Anscheinend gebrochen oder an einer scharfen Kante gerissen.“
Moor blickte die Steilwand hinauf. „Wie kann man bei diesem Wetter und diesen Bedingungen da hinauf steigen?“
Stockbauer zuckte mit den Achseln. „Der Kerl war als Extremsportler bekannt. Rafting, Free Climbing und all das Zeug. Er wollte wohl als Erster im Winter da hoch kommen.“
Edeltraud beendete ihre Untersuchung und erhob sich. „Nun, es gibt keinen Hinweis auf Mord oder ähnliches. Er hat sich beim Aufprall alle Knochen gebrochen. Näheres dann nach der Autopsie.“
Moor stand ebenfalls auf und blickte auf seinen Kollegen.

„Kann man sagen, wie weit oben er war, als es passiert ist?“
Stockbauer lachte verächtlich. „Also, wenn Sie mich fragen, dann würde ich jemanden da hoch schicken und die Stelle suchen, aber Sie werden niemanden finden, der jetzt da hoch geht.“
Moor nickte. „Ich bin zwar früher viel geklettert, aber bei solchen Bedingungen bekommt man mich auch nicht da hinauf. Wenn die Wetterverhältnisse besser sind, können wir einen erfahrenen Bergsteiger da hinauf schicken, der uns ein paar Aufnahmen macht. Vielleicht findet sich ja noch ein Hinweis.“
Edeltraud fragte: „Hat ihn jemand gesehen?“
Stockbauer antwortete: „Nach Aussagen seiner Firma ist er vor zwei Tagen nach Geschäftsschluss aufgebrochen und wollte alleine bis zum Gipfel hinauf. Von dort gelangt man über einen Gebirgsgrat bis zu Stupfenhütte, wo er wahrscheinlich übernachten wollte.“
„Nach Zeugen brauchen wir wohl nicht zu fragen.“
Stockbauer blickte sich um. „Wen wollen wir hier fragen? In der Nähe gibt es keinen Anwohner und die Hütte wird nur von den Männern und Frauen benutzt, die über eine der Wände da hinauf klettern. Wenn Sie mich fragen, war der Kerl schlicht und einfach überheblich und ist abgestürzt. Einer weniger von denen, die immer glauben, ihnen könnte nichts gefährlich werden.“
Er wandte sich zu seinen Kollegen, die den Leichnam hoch hoben und zu dem Krankenwagen trugen. Edeltraud blieb neben Moor stehen und blickte sich um.
„Tragischer Unfall, würde ich sagen!“
Moor nickte. „Vielleicht, vielleicht auch nicht. Wir

werden von Gutschenleder die nächsten Schritte einholen. Soviel ich weiß, war der Mann verheiratet, vielleicht weiß die Frau mehr über die genauen Absichten des Mannes. Jedenfalls können wir hier nicht mehr viel ausrichten."
Sie wandten sich um und gingen wieder zu dem Fahrzeug, das sie hier herauf gebracht hatte. Edeltraud stellte ihre Tasche in den Kofferraum und schloss ihn, dann setzte sie sich neben Moor auf die Rückbank des Wagens.
„Ich kann noch nichts Genaues sagen, aber wahrscheinlich ist es gestern schon passiert. Die Kälte hier oben hat den Körper recht schnell konserviert. Vielleicht finde ich ja Spuren, die auf etwas anderes hindeuten, aber im Moment sieht es wohl nach einem Unfall aus."
Moor sagte: „Da hätten wir gleich im Bett bleiben können."
Sie lächelte und berührte ihn kurz an der Schulter, dann stieg der Beamte ein, der sie her gebracht hatte und wenig später fuhren sie wieder den Berg hinunter bis zu der Stelle, an der der Helikopter auf die beiden wartete. Sie stiegen ein und die Rotorblätter setzten sich wieder in Bewegung.
Als sie langsam an Höhe gewannen, blickte Moor hinunter, wo die Kolonne der Einsatzfahrzeuge gerade wieder den Berg hinunter fuhr.
Er folgte den Fahrzeugen mit seinen Blicken, bis sie nicht mehr zu sehen waren, dann richtete er seine Aufmerksamkeit wieder auf die Gegend vor ihnen, wo jetzt langsam wieder Garmisch Partenkirchen in Sicht

kam. Er nahm Edeltrauds Hand und lächelte.
„Wir sind gleich wieder unten.“
Sie nickte. „Bloß gut, dass ich noch nicht gefrühstückt habe.“

Drittes Kapitel

Marius Gutschenleder schritt langsam den Gang im ersten Stock des Präsidiums entlang und wandte sich in Richtung seines Büros. Er war kurz nach Erhalt der Fundmeldung aufgebrochen und hierher gefahren.
Er ging leichten Schrittes auf die Bürotür zu, denn nach der dreiwöchigen Kur in Bad Kohlgrub hatte er endlich wieder ein Gewicht unter der magischen 100 kg Marke und die wollte er unbedingt halten.
Sein Atem war nicht mehr so keuchend wie früher und die verordneten, langen Spaziergänge in und um Garmisch machten ihm inzwischen sogar Spaß, da er merkte, dass es ihm gut tat.
Sein Körperbau war wieder ansehnlich und er passte endlich wieder in Kleidungsgrößen, von denen er in den letzten Jahren nur geträumt hatte.
Er betrat das Vorzimmer und lächelte Sybille Müller zu, die hinter ihrem Schreibtisch saß und die eintreffenden Nachrichten vom Fundort der Leiche im Computer speicherte.
„Guten Morgen, Frau Müller!“
Sie blickte auf. „Guten Morgen, Chef! Kollege Moor ist gerade auf dem Rückweg vom Fundort und wird bald hier eintreffen. Kaffee?“
Gutschenleder warf seine Winterjacke über den Kleiderständer neben der Verbindungstür zu seinem Büro und schüttelte den Kopf.
„Ist schlecht für den Blutdruck! Bringen Sie mir ein stilles Wasser, wenn Sie Zeit haben.“
„Kommt sofort!“

Sybille griff in die Getränkekiste, die hinter ihr stand und folgte Gutschenleder ins Büro, wo sie die Flasche auf den leeren Schreibtisch stellte.
Während sie den Raum wieder verließ, blieb Gutschenleder vor dem gekippten Fenster stehen und atmete die frische Morgenluft ein. Er streckte sich, dann drehte er sich um, nahm einen Schluck aus der Flasche und setzte sich auf den nagelneuen Drehstuhl, der sein jetziges Gewicht locker aushielt.
Er blickte auf den Tisch, auf dem sich nichts mehr befand, da er alle Fälle eines Tages auch abarbeitete, ehe er die Arbeit verließ und war einigermaßen zufrieden mit sich und der Welt.
Er hörte hinter sich die Geräusche des landenden Helikopters und lehnte sich zurück, während er wartete.
Fünf Minuten später hörte er Schritte im Vorzimmer und wenig später trat Moor ein. Er hatte seine Jacke ebenfalls im Vorzimmer abgelegt und trug nun sein übliches Bürooutfit.
Er blieb vor dem Schreibtisch stehen und zückte seinen Notizblock.
„Morgen, Chef!“
Gutschenleder nickte. „Guten Morgen, Kommissar Moor! Nach langer Zeit amoi wieder a Leich!“
Moor lächelte schwach. „Wenn es nach mir ging, dann hätte es des a nicht gebraucht.“
Gutschenleder winkte ab. „Es hört sich nach einem klassischen Unfall an.“
Moor blickte auf seinen Block. „Wird’s wahrscheinlich auch sein.“
„Ist das Opfer schon identifiziert?“

Moor nickte. „Ludwig Angerer, der Chef der Softwarefirma!“
Gutschenleder zuckte einen Moment zusammen, doch Moor war so auf seine Notizen konzentriert, dass er es nicht wahrnahm.
„Angerer?“
Moor antwortete: „Ja! Hat versucht, die Wankenwand alleine und mitten im Winter zu durchsteigen. Anscheinend abgestürzt. Bisher keine Anzeichen auf Fremdeinwirkung. Kollegin Hofmann ist gerade dabei, auf die Leiche zu warten. Ausrüstung war anscheinend komplett. Seil gerissen, keine Anzeichen auf Durchschneiden oder ähnliches.“
Moor blätterte eine Seite weiter. „Der Mann war verheiratet mit…“
Gutschenleder sagte: „Patrizia Angerer, geborene Feldkamp!“
Moor stutzte und blickte auf. „Kennen Sie die Frau?“
Gutschenleder nickte. „Alter 36, ehemalige Putzfrau in Angerers Firma, wurde von ihm angesprochen und einige Wochen später haben die beiden geheiratet. Ehe wie aus dem Bilderbuch, keine Kinder, aber glücklich.“
Moor steckte seinen Block weg. „Und was noch?“
Gutschenleder senkte den Blick und lehnte sich zurück. „Wir waren einige Zeit zusammen, bevor sie Angerer kennen gelernt hat.“
Moor blickte überrascht seinen Chef an. „Das wusste ich nicht.“
„War ja auch kein Gesprächsthema für die Öffentlichkeit. Wir sind einige Male ausgegangen, doch dann zu dem Schluss gekommen, dass wir doch nicht zusammen

passen. Seitdem habe ich sie nicht mehr gesehen."
Moor blickte seinen Chef nun direkt an. „Soll das geheim bleiben?"
Gutschenleder erhob sich und trat ans Fenster. „Es kommt so oder so bei den Ermittlungen heraus. Nein, Sie können es notieren. Es war ja nichts Verbotenes dabei."
Er schwieg eine Weile, dann fragte er über die Schulter: „Haben Sie die Frau schon benachrichtigt?"
Moor schüttelte den Kopf. „Ich wollte zuerst Sie informieren und dann dorthin fahren. Die Adresse hat Sybille gerade überbracht."
Gutschenleder drehte sich um. „Ich werde zu gegebener Zeit persönlich mit ihr sprechen, das können Sie ihr sagen. Zuerst müssen Sie noch ihren neuen Partner kennen lernen."
Moor blickte ihn fragend an. „Welchen Partner?"
„Wir haben jemanden aus München überstellt bekommen, den Sie einarbeiten sollen. Mit diesem Fall wird es sicher einfacher werden."
Er drückte die Gegensprechanlage und sagte: „Merkner soll reinkommen!"
Hinter Moor öffnete sich die Tür und er drehte sich um. „Ach!"
Sein Partner trat ein und blieb neben ihm stehen. „Erika Merkner! Nett, Sie kennen zu lernen."
Moor schüttelte die Hand der Frau, die ihm aus himmelblauen Augen anblickte. Sie war etwas kleiner als er selbst und hätte Heidi Klums Zwillingsschwester sein können. Sie stand selbstbewusst neben ihm in ihrem Hosenanzug und den unauffälligen Schuhen mit niedrigem Absatz.

Gutschenleder sagte: „Ihr Mitarbeiter, Kommissar Roger Moor!“
Erika lächelte und ließ Moors Hand los. „Na, den Namen kann man sich leicht merken.“
Moor fasste sich wieder und blickte sie an. „Erika ist auch nicht gerade ein schwieriger Name.“
„Eben und einfach für jeden. Wenn Sie mich näher kennen, dann sage ich Ihnen auch meinen Spitznamen.“
Sie wandte sich an Gutschenleder und fragte: „Können wir endlich anfangen?“
Gutschenleder nickte. „Ja, Sie können sich gleich auf den Weg zur Frau des Opfers machen und sie befragen, vielleicht weiß sie ja Näheres über die Gründe für dessen Ausflug!“
„Bestens.“
Sie wandte sich an Moor. „Na los, Kollege, wir haben nicht den ganzen Tag Zeit!“
Moor warf Gutschenleder einen fragenden Blick zu, dann wandte er sich um und folgte Erika durch das Vorzimmer in den Gang hinaus.
Gutschenleder blickte den beiden noch nach, dann setzte er sich wieder auf seinen Platz und lehnte sich zurück.
Seine Gedanken kreisten um Patrizia, die Frau, die ihm eine Zeit lang alles bedeutet hatte.
Er hatte die Wahrheit gesagt, als es um ihre Beziehung ging und fragte sich nun, wie sie die Nachricht vom Tod ihres Mannes aufnehmen würde?
Sollte er nicht gleich mit den beiden Kommissaren mitfahren? Nein, das würde sicher nur eine Szene geben, die er vermeiden wollte.
Gutschenleder nahm den Laptop aus dem Schubfach vor

sich und aktivierte ihn.
Wenig später erschienen die Adressdaten von Angerer und er wusste, dass sie sich nicht geändert hatten
Gutschenleder stützte die Ellbogen auf die Tischkante und schloss die Augen.
Wie würde es ihr gehen und würde sie noch mit ihm reden?

Viertes Kapitel

Moor und Erika gingen über die Hintertreppe ins Erdgeschoss hinunter, vorbei an den eintreffenden Beamten der Tagesschicht.
Moor war froh, dass Edeltraud jetzt nicht hier war, denn beim Anblick der Frau neben sich wäre sie wahrscheinlich sofort eifersüchtig geworden.
Moor hielt ihr die Tür nach draußen auf und Erika lächelte.
„Wenigstens gibt es noch einen Gentlemen hier drinnen, den anderen Typen wäre das gar nicht eingefallen, einer Frau die Tür aufzuhalten."
Moor zuckte mit den Achseln. „Das ist anerzogen."
„Gute Kinderstube!"
Er folgte ihr ins Freie und sie fragte: „Mit ihrem Wagen oder mit meinem?"
Moor deutete auf seinen Land Rover. „Nehmen wir meinen, der ist Wintersicher."
Sie folgte ihm zum Wagen und er hielt ihr die Beifahrertür auf. Sie stieg mit einem Lächeln ein und wartete, bis er auf seiner Seite eingestiegen war, ehe sie die Tür schloss.
„Nun, wo geht es hin?"
Moor startete den Motor und lenkte den Wagen auf die Hauptstraße hinaus.
„Zur Frau des Opfers. Wohnt in der Familienvilla gleich außerhalb von Garmisch."
Erika meinte: „Dann können wir uns ja gleich ein wenig näher bekannt machen."
„Von mir aus."

Sie lachte. „Schon gut, ich fange an.“
„Danke!“
Sie blickte nach vorne. „Ich bin 28 Jahre alt, komme aus München und bin hierher versetzt worden. Meine Wohnung habe ich bezogen, die liegt gleich am Autobahnende an der wohl lautesten Stelle dieser Stadt. Ich bin Single, keine Kinder und auf der Suche nach dem richtigen Mann.“
„Das sind die meisten hier.“
Erika blickte aus dem Seitenfenster. „Sie sind ja bekannt hier, gibt es eine große Auswahl an Männern?“
Moor warf ihr einen kurzen Seitenblick zu. „Männer werden Sie hier immer genügend finden, doch die meisten sind wohl eher auf One Night Stands aus, als auf eine längere Beziehung.“
Sie faltete die Hände auf dem Schoss. „Mein typisches Glück wieder. Und was ist mit Ihnen?“
„Was soll mit mir sein?“
„Freundin?“
Moor dachte, „Toll, genau, die richtige Frage.“
Er lenkte den Wagen ruhig weiter und sie erreichten die Bundesstraße in Richtung Süden.
„Ich habe jemanden.“
Erika blickte ihn direkt an. „Jemanden?“
„Richtig und mehr werde ich nicht sagen.“
„Na hören Sie mal, wir sind Partner, da teilt man sich doch alles mit.“
Moor lächelte schwach. „Ich bin ein Freund der Geheimnisse, da bleibt noch ein wenig Privatsphäre übrig, bevor alle im Präsidium darüber reden.“
Erika lachte kurz. „Aha!“

„Was?“
Sie warf ihm einen Blick der Überlegenheit zu. „Sie haben eine Kollegin als Freundin!“
Moor zog die Luft stoßweise ein. „Toll, wenn Sie so weiter machen, dann fällt Ihnen wohl auch gleich der Name ein.“
Erika schüttelte den Kopf. „So lange bin ich auch noch nicht hier, aber wenn Sie darauf wetten wollen, dann würde ich sagen, dass ich innerhalb einer Woche den Namen nennen kann.“
„Ich wette nicht!“
„Um einen Kaffee!“
Moor wollte das Thema so schnell wie möglich beenden, also sagte er: „Gut, einen Kaffee!“
Erika lehnte sich zurück. „Gut, dann weiter. Wie ist es Ihnen in den letzten Jahren so ergangen?“
„So, wie ich Sie kenne, werden Sie sich sicher meine Akte angesehen haben, bevor Sie mit ihrem Kreuzverhör angefangen haben.“
Sie senkte resignierend die Schultern. „Sie sind aber auch nicht schlecht. Ja, ich habe mir ihre Akte angesehen. War ja ein ziemlich großer Fall damals. Mehr, als andere in ihrer ganzen Laufbahn erleben werden.“
„Darüber möchte ich eigentlich nicht mehr reden.“
Sie blickte wieder zu ihm. „Schlechte Erinnerungen?“
„Kann man sagen! Auf jeden Fall habe ich mehr über die Menschen und ihre Hintergründe gelernt, als in der ganzen Zeit vorher.“
„Kann ich mir vorstellen.“
Sie erreichten eine Kreuzung und Moor bog nach rechts ab. Der Weg führte in ein Viertel, in dem sich etwa zehn

Villen befanden, die von der High Society von Garmisch Partenkirchen bewohnt wurden.
Erika blickte die Grundstücke an und pfiff durch die Zähne.
„Na, hier kann man es aushalten."
Moor zuckte mit den Achseln. „Mir ist meine Wohnung immer noch lieber, als so ein Anwesen."
Erika nickte. „Angeben war auch nicht immer mein Ziel."
Moor hielt den Wagen vor dem letzten Haus in der Straße und die beiden Beamten stiegen aus.
Sie blickten die zweistöckige Villa entlang, die hinten von einem geräumigen Garten vervollständigt wurde.
Das Haus war aus Beton und wirkte eher deplaziert in der Gegend, in der dahinter die Bergriesen das Panorama bestimmten.
„Schöner Klotz!"
Moor nickte und blieb neben seiner Partnerin stehen.
„Nicht mein Geschmack, aber heutzutage kann jeder so bauen, wie er will."
Erika klopfte ihm auf die Schulter. „Pack´ mas, Partner, der Fall soll schnell g´löst werden."
Moor lächelte wieder. „Des moan I auch! Kollegin Merkner, nach eana!"
Sie trat an die Gittertür, die von einer Steinmauer flankiert wurde und hinter der ein kleiner Vorgarten mit Winterblumen lag und drückte die Klingel.
„Moi schaun, ob oana da is!"
Sie warteten etwa eine halbe Minute, dann ertönte ein Summer und Erika drückte die Tür nach innen auf.
„Dann moi los!"

Die traten in den Vorgarten und gingen auf die Tür zu,
die sich einen Moment später öffnete.

Fünftes Kapitel

Die Frau, die jetzt vor ihnen stand, war etwa 1, 60 m groß und hatte eine zierliche Figur. Ihr leicht gebräuntes Gesicht und die kleinen, dunklen Augen ließen auf südamerikanische Wurzeln schließen. Ihr schwarzes Haar reichte bis an die Schultern und war leicht gekräuselt.
An ihrem linken Ringfinger funkelte ein Diamant und war der einzige Schmuck, den die Frau trug.
Ihr schwarzer, knielanger Rock und die weiße, lupenreine Bluse ließen sie fast unschuldiger wirken, als sie vielleicht mochte. Ihre Füße steckten in bequemen Hausschuhen und die Nägel waren unlackiert.
Sie blickte Moor und Erika fragend an und brach schließlich die Stille.
„Wollen Sie zu mir?"
Moor wollte schon seinen Dienstausweis zücken, doch Erika kam ihm zuvor. Sie schwenkte ihre Identitätsmarke und deutete mit einem Kopfnicken auf Moor.
„Kommissarin Merkner und das hier ist mein Partner, Kommissar Moor von der Garmischer Polizei. Frau Patrizia Angerer?"
„Ja?"
„Dürfen wir eintreten?"
„Natürlich!"
Sie machte einen Schritt zurück und ließ die beiden Beamten ein. Sie entledigten sich ihrer Winterjacken und hängten sie auf die Kleiderstange, die sich gleich rechts neben der Tür befand.
Patrizia deutete hinter sich. „Wir können im Wohnzimmer reden."

Sie ging voran und öffnete die schwere Holzschiebetür, die den Blick auf ein feudal eingerichtetes Wohnzimmer im Mittelalterstil freigab.
Schwere Holzmöbel, die vor Politur glänzten, ein Teppich, der die ganze Bodenfläche des Raumes einnahm und ein gemauerter Kamin wurden von der breiten Fensterfront erleuchtet, die den hinteren Teil des Zimmers beherrschte und den Blick auf einen kleinen Park freigab.
Rechts führte eine Wendeltreppe in den Keller, wo Moor das Rauschen einer Wasserpumpe hörte, wodurch er zu dem Schluss kam, dass sich dort ein Schwimmpool befand.
Patrizia blieb vor dem Kamin stehen, in dem ein wärmendes Feuer brannte und drehte sich zu den beiden Beamten um.
„Geht es um meinen Mann?“
Moor blieb überrascht stehen. „Wissen Sie es schon?“
Sie schüttelte den Kopf und fuhr sich durch die vollen Haare.
„Ich habe immer damit gerechnet, dass einmal etwas passiert. Er war so voller Energie, dass er nicht zu halten war. Ist etwas passiert?“
Erika nickte. „Es tut mir leid, aber ihr Mann ist gestern an der Wankenwand tödlich verunglückt.“
Patrizia senkte den Blick und eine Träne lief ihr über die Wange.
„Es musste einmal so kommen. Ich habe ihn immer gewarnt, dass es zu gefährlich ist, die Wand zu besteigen, doch er wollte unbedingt diesen blöden Rekord brechen.“
Erika trat zu ihr und fasste sie an der rechten Schulter.

„Es tut uns leid. Bisher sprechen alle Anzeichen für einen Absturz. Er hatte keine Chance."
Patrizia blickte wieder auf, holte ein Taschentuch aus der Packung, die auf dem Tisch neben ihr lag und wischte sich das Gesicht ab.
„Schon gut, ich habe ständig damit gerechnet, doch dass es so schnell passiert, hätte ich nicht gedacht."
Sie setzte sich auf die geräumige Couch, während die beiden Beamten stehen blieben.
„Er war immer ein Mann, der die Gefahr liebte."
Moor trat einen Schritt vor. „Wann haben Sie ihren Mann zuletzt gesehen?"
Sie überlegte einen Moment. „Am Morgen, an dem er aufgebrochen ist. Er wollte noch schnell in der Firma vorbei und dann den Aufstieg beginnen."
Erika meinte: „War er aufgeregt, oder hat ihn etwas zu schaffen gemacht?"
Patrizia blickte auf. „Was meinen Sie? Glauben Sie, es war kein Unfall?"
„Das meinte ich nicht, doch vielleicht war er nicht so bei der Sache, wie sonst und ist deswegen unvorsichtig geworden."
Patrizia winkte ab. „Den hätten zehn Schicksalsschläge nicht niedergestreckt. Er war ein Energiebündel, wie ich kein zweites getroffen habe."
Moor blickte sich um. „Wohnen Sie schon lange hier?"
„Er hat dieses Haus pünktlich zu unserer Hochzeit fertig gestellt. Ich habe es von Anfang an gemocht. Das ist wohl auch die einzige Erinnerung an ihn, die mir jetzt bleibt."
Erika fragte: „Das mag jetzt vielleicht taktlos erscheinen,

doch können Sie uns sagen, wer die Firma übernimmt?"
Patrizia blickte auf. „Es geht wohl alles an mich über."
Sie richtete sich auf. „Das Haus, die Firma, alles wird mir vererbt."
Sie langte nach der Schachtel Zigaretten, die auf dem Tisch lag und zündete sich eine an. Sie blies den Rauch langsam an die Decke und blickte dann auf die beiden Beamten.
„Wenn Sie an einen Mord glauben, ich falle aus, ich habe Höhenangst. Außerdem hat mich das Geld nie interessiert. Ich kenne mich mit Software gar nicht aus und diesen Luxus hier habe ich nie gebraucht. Mir ist eine kleine Wohnung immer noch lieber, als so ein Palast."
Moor blieb ruhig stehen. „Keine Sorge, wir denken im Moment gar nicht an einen Mord. Wir wollen Sie auch gar nicht länger aufhalten. Wir werden zu einem gegebenen Zeitpunkt noch einmal mit ihnen reden."
„Keine Sorge, ich bekomme keinen Nervenzusammenbruch. Ich bin ganz robust gebaut."
Erika fragte: „Nur noch eines: Ist ihr Mann immer alleine an einen Berg gegangen?"
Patrizia schüttelte den Kopf. „Nein, in den meisten Fällen hatte er einen erfahrenen Bergführer dabei, der hier ziemlich bekannt ist."
„Und wer?"
Patrizia überlegte einen Moment. „Ein Mann namens Josef Anders."
Moor nickte. „Von dem habe ich schon einige Male gehört. Er wird meistens von Jet-Set Leuten engagiert, um sie auf den einen oder anderen Gipfel zu führen."

„Dann werden Sie ihn sicher leicht finden."
Erika notierte sich den Namen auf ihrem Notizblock, dann steckte sie ihn weg und wandte sich noch einmal an die Frau.
„Brauchen Sie einen von unseren Psychologen?"
Sie wehrte ab. „Ich sagte doch, ich komme schon klar. Danke, dass Sie trotzdem gefragt haben."
Moor blickte zu seiner Partnerin. „Dann werden wir Sie nicht länger behelligen."
„Brauchen Sie mich nicht, um die Leiche zu identifizieren?"
Erika schüttelte den Kopf. „Er hatte alle nötigen Papiere bei sich."
„Ach so."
Erika wandte sich um. „Wir finden alleine hinaus. Vielen Dank für ihre Mitarbeit, Frau Angerer."
„Keine Ursache."
Moor folgte seiner Partnerin durch die Eingangshalle nach draußen. Beim Wagen angekommen blieben sie stehen und zogen sich ihre Jacken wieder an.
Erika zuckte mit den Achseln. „Komische Frau!"
Moor nickte. „Der Tod ihres Mannes scheint sie nicht gerade überrascht zu haben."
„Besonders getroffen hat es sie auch nicht."
Sie stiegen ein und Erika tippte einige Daten in ihren Laptop, den sie vom hinteren Sitz nach vorne gezogen hatte.
„Ich suche mal nach der Adresse des Bergführers."
Moor fuhr los und lenkte den Wagen langsam durch das Villenviertel.
„Vielleicht sollten wir doch einen Mord nicht

ausschließen. Das Verhalten der Frau war nicht gerade beruhigend.“
Erika blickte kurz zu ihm. „Das macht sie noch lange nicht zu einer Mörderin. Außerdem wenn sie wirklich Höhenangst hat, dann wird sie nicht mal im Sommer an diesem Berg hochkommen.“
Moor bog auf die Hauptstraße ein, als ihm Erika die Adresse des Mannes gab.
„Ist hier in der Nähe. Da können wir gleich vorbei schauen.“
Erika schloss den Laptop und legte ihn wieder auf den Rücksitz.
„Bin gespannt, was der Kerl sagen wird.“
Sie blickte zu Moor. „Alles klar, Kollege?“
Moor nickte. „Alles klar. Ich gehe noch immer von einem Unfall aus.“
„Dann mal weiter. Selbst wenn es nur a Unfall war und der Fall glei wieder ab´gschlossen ist, hama uns doch schnell zusammengerauft.“
Moor lächelte und gab Gas.

Sechstes Kapitel

Gegen Mittag erreichten sie das angegebene Viertel, in dem der Bergführer sein Zuhause hatte. Sie hielten vor einem großen Bauernhaus am Rande von Garmisch, hinter dem sich die Felder und Wiesen im winterlichen Weiß präsentierten.
Die beiden Beamten stiegen aus und blickten sich um. Moor sah den geräumten Weg, der um das Haus führte und hörte hinter dem Gebäude Geräusche.
„Da muas er wohl sein!“
Erika trat hinter ihm durch das geöffnete Gittertor vor der Garageneinfahrt und sie passierten das Gebäude. Hinter dem Haus befand sich eine geräumige Scheune, deren Tor offen war und in der sie die Geräusche gehört hatten. Sie blieben am Tor stehen und blickten ins Innere.
Anders stand mit dem Rücken zu ihnen an einer Werkbank und bearbeitete ein Steigeisen mit Hammer und Meißel, während neben ihm Feilen in allen Größen lagen.
Moor trat ein und fragte: „Josef Anders?“
Die Geräusche verstummten und der Bergführer, der in einem blauen Overall steckte, drehte sich um.
„Der bin I!“
Moor zückte seinen Ausweis. „Die Kommissare Moor und Merkner von der Garmischer Polizei! Derf ma eana a paar Fragen stellen?“
„Um was geht´s?“
Erika blieb neben Moor stehen und begann: „Sie sind mit Ludwig Angerer bekannt gewesen?“
Der Mann blickte auf. „Wieso g´wesen?“

„Nun, ihm is a kloana Unfall passiert!“
„Welcher Art!“
„A Unfall der abstürzenden Art! Wankenwand im freien Fall.“
Anders lachte kurz auf. „Des wundert mi gar ned. Der Wiggerl war a Hundskopf und hat´s mehr oder weniger rausgefordert.“
Moor blickte den Mann ruhig an. „Es überrascht Sie gar nicht?“
Der Mann winkte ab. „So a Wahnsinn, bei dem Wetter da nauf zu kraxeln. I hab ihn oft genug g´warnt, aber er hat sein Kopf immer durchgesetzt.“
„Haben Sie ihn öfter begleitet?“
„Oft genug. Mia ham in den Alpen so ziemlich jeden Gipfel bestiegen, der uns gereizt hat, allerdings immer bei den besten Bedingungen und wenn die Gefahr am geringsten war.“
Erika fragte: „Und bei den gefährlicheren Touren?“
Anders legte das Werkzeug auf den Tisch und lehnte sich dagegen. Mit verschränkten Armen fuhr er fort: „Da hat er meistens alleine sei Glück versucht. Bis jetzt hat er immer no an Schutzengel dabei gehabt.“
Moor senkte den Blick leicht. „Gestern nimma.“
„Schicksal!“
Moor trat an die Werkbank und blickte auf die vor ihm liegenden Steigeisen.
„Müssen die jedes Mal bearbeitet werden?“
Anders drehte den Kopf leicht. „Sicher, nach jeder Besteigung werden´s wieder hergerichtet. Da geh´ ich koa Risiko ein.“
„Angerer hatte seine an den Schuhen. Keine Spuren von

Fremdeinwirkung. Gibt es noch mehrere Leute, die um die Jahreszeit da hinauf gekraxelt sind?"
Anders schüttelte den Kopf. „Wenns mi fragen, dann kenn´ I bloß drei Depperte, die des Unternehmen wagen würden."
Erika zückte ihren Notizblock. „Und wer ist des alles?"
Anders blickte sie ruhig an. „Na, der Angerer selber!"
„Na, der fallt ja jetzt aus der Liste!"
„Dann der Brecht Phillip!"
Moor fragte: „Wer ist das?"
„Na, der Teilhaber der Firma, die dem Angerer gehört."
„Und wer sonst?"
„Der Holzmann Toni!"
Erika schrieb den Namen auf. „Wer ist das?"
„Na, ihr habt´s aber no ned viel recherchiert. Des war der ehemalige Chef der Firma, die jetzt dem Angerer gehört."
Erika blickte auf. „Waren die drei eine Klicke?"
„Nur, wenn es um die Berge gegangen ist. Beim Geschäft hat die Freundschaft dann aufgehört."
„Gab es Streitereien?"
Anders zuckte mit den Achseln. „Woher soll denn ich des wissen? Am Berg waren des immer die besten Freunde. Außerdem kenn´ ich mich nicht aus mit dem ganzen Computerkram. Mia san meine Berg liaba, als des ganze Techniktohuwabohu."
Erika steckte ihren Notizblock wieder in die Jackentasche.
„Wissen Sie zufällig, wo die beiden Herren in den letzten Tagen waren?"
Anders lächelte. „Ganz sicher sogar. Die meiste Zeit waren die zwei mit dem Angerer bei mir im Haus."

Moor trat wieder neben Erika. „Warum, wenn ich fragen darf?"
„Ganz einfach, weil mir für den Sommer eine Tour geplant haben. Eigernordwand im Rekordtempo auf neuer Strecke. Des war unser Obsession und diesen Sommer wollten wir es packen. Jetzt fallt ja schon einer aus der Gruppen aus."
Moor warf seiner Partnerin einen Blick zu, dann meinte er: „Gut, vielen Dank für ihre Informationen, vielleicht melden wir uns dann noch mal bei Ihnen."
„Is scho guad. I bin immer da oder beim Skikurs mit die reichen Schnepfen."
Erika lächelte. „Danke schön und no viel Freud bei der Arbeit!"
„Passt scho!"
Die beiden Beamten drehten sich um und verließen die Scheune. Kurz darauf standen sie wieder beim Wagen und stiegen ein.
Erika schnallte sich an und blickte dann ihren Partner an. „Was jetzt?"
Moor warf einen Blick auf seine Armbanduhr. „Zurück ins Präsidium, Gutschenleder informieren, dann Essen in der Kantine und die weiteren Schritte beraten."
„Hört sich guad an. Hunger hab I scho seit oana Stund!"
Moor startete den Wagen und lenkte ihn zurück auf die Hauptstraße, die jetzt von Skibussen bevölkert war. Während der langsamen Fahrt in Richtung Präsidium meinte Erika: „Was meinst denn Du? Sollen wir die beiden Männer unter die Lupe nehmen?"
Moor zuckte mit den Achseln. „Befragen müssen wir sie sowieso, wenn Sie wollen, jagen Sie die Namen durch

den Computer. Vielleicht spuckt der ja einige Informationen aus.“
Erika lächelte wieder. „Jetzt hörst mal auf mit dem ewigen „Sie“, I bin die Erika!“
Moor lachte kurz. „Gut, I bin da Roger!“
Sie richtete den Blick wieder nach vorne. „Jetzt san ma scho so weit, jetzt kann I di a zum Essen einladen. Es geht auf meine Rechnung.“
„Bestens.“

Siebentes Kapitel

Der Abend brach und die Dunkelheit legte sich schnell über die Stadt. Die Skitouristen stürmten die Lokale und kleinen Cafes in der Ortsmitte und das Nachtleben kam in vollen Gang.
Marius Gutschenleder parkte seinen Wagen vor dem Haus der Angerers. Er stellte den Motor ab und blickte auf die erleuchtete Vorderfront.
Seine Gedanken kreisten wieder um Patrizia und er kam zu dem Schluss, dass es richtig war, jetzt hier zu sein.
Er stieg aus und ging langsam auf die Haustür zu. Er fuhr sich durch die gekämmten Haare und drückte schließlich die Klingel.
Es dauerte eine Weile, dann wurde die Tür geöffnet und Patrizia stand vor ihm. Sie wirkte gefasst, doch die Geschehnisse des Tages hatten auch in ihrem Gesicht ihre Spuren hinterlassen. Die Wangen waren nicht mehr gerötet und die Augen lagen tief in den Höhlen.
Sie blickte Gutschenleder an und ein schwaches Lächeln huschte über ihr Gesicht.
„Marius!“
Gutschenleder erwiderte das Lächeln. „Patrizia! Darf ich hereinkommen?“
Sie nickte und ließ ihn an sich vorbei eintreten.
Gutschenleder legte seinen Mantel ab und wartete, bis Patrizia die Tür wieder geschlossen hatte. Sie bedeutete mit einem Kopfnicken, ihr zu folgen und sie gingen ins Wohnzimmer.
Das Feuer im Kamin brannte hoch und die Wärme im Raum war angenehm. Patrizia setzte sich auf die Couch

während Gutschenleder noch einen Moment stehen blieb. Er war zum ersten Mal hier und seit ihrer Trennung hatte er seine ehemalige Freundin auch nicht mehr gesehen. Eine Welle von Erinnerungen stürmte sein Gehirn und er musste sich konzentrieren, um ruhig zu bleiben.
„Setz´ Dich doch!"
Gutschenleder folgte der Aufforderung und nahm ihr gegenüber Platz. Patrizia deutete auf die halbleere Weinflasche, die auf dem Tisch stand und Gutschenleder nickte.
„Ja, bitte!"
Sie langte an den Beistelltisch, auf dem Gläser standen und füllte eines davon, das sie dann auf den Tisch stellte. Gutschenleder wartete, bis sie sich zurückgelehnt hatte, dann nahm er einen kleinen Schluck des Chardonnay, ehe er sein Glas wieder auf den Tisch stellte.
Patrizia blickte ihn ausdruckslos an. „Du hättest nicht kommen brauchen."
„Doch, ich glaube, das bin ich Dir schuldig."
Patrizia senkte den Blick. „Wir sind einvernehmlich auseinander gegangen, da gibt es keine Schuld. Die Schuld haben wir beide getragen. Zum Scheitern einer Beziehung gehören immer zwei Schuldige."
Gutschenleder beugte sich vor. „Deswegen bin ich nicht hier."
„Natürlich nicht."
„Es tut mir Leid wegen Ludwig. Er war sicher ein guter Mann."
Patrizia kämpfte gegen die Tränen. „Das war er. Ich konnte mich nicht beklagen. Er hat sich immer rührend um mich gekümmert und hat es an nichts fehlen lassen."

Gutschenleder stand auf, ging um den Tisch und setzte sich neben Patrizia.
Sie blickten vor sich auf den Tisch und schwiegen eine Weile, dann meinte Gutschenleder: „Wir haben die Ergebnisse der Autopsie. Es deutet alles auf einen schrecklichen Unfall hin. Wahrscheinlich hat er den Halt verloren und das Seil ist auf ungeklärte Weise gerissen. Sobald die Wetterbedingungen besser sind, schicken wir ein Team die Wankenwand hinauf, um die genaue Stelle zu untersuchen.“
Patrizia hatte sich wieder im Griff und zuckte mit den Achseln.
„Das ändert auch nichts mehr. Lebendig macht es ihn nicht mehr.“
„Das ist richtig, doch ich möchte alle Möglichkeiten ausschöpfen, damit Du sicher gehen kannst, dass nichts anderes im Spiel war.“
Patrizia drehte den Kopf leicht zu ihm. „Was soll denn sonst gewesen sein? Ich habe deinen Beamten schon gesagt, dass Ludwig keine Feinde hatte, soweit mir bekannt war. Wer sollte auch ein Anliegen haben, ihn umzubringen?“
Gutschenleder sagte: „In diese Richtung ermitteln wir auch nicht. Ich wollte dich nicht in Aufregung versetzen.“
„Ich bin nicht aufgeregt. Bei seinem Lebensstil und seinen zahlreichen Hobbys war ein Unfall immer in Betracht gezogen worden.“
„Ich kann Dir nicht sagen, wie sehr es mir Leid tut.“
Patrizia leerte ihr Glas auf einen Zug und stellte es vor sich auf den Tisch.

„Ich komme schon klar. Ich bin ja nicht depressiv oder ähnliches."
Gutschenleder erhob sich und blickte auf sie herab.
„Wenn ich Dir in irgendeiner Weise helfen kann, dann sag´ es mir bitte. Ich stelle Dir jeden möglichen Helfer zur Verfügung."
Sie stand ebenfalls auf. „Ich danke Dir, doch ich kann ganz gut auf mich alleine aufpassen."
Sie standen sich eine Weile lang schweigend gegenüber, dann nahm Gutschenleder Patrizia in die Arme und die Tränen kullerten ihre Wangen hinunter. Sie ließ ihre Arme herabhängen und Gutschenleder ließ einfach den Moment wirken.
Die Frau weinte hemmungslos und Gutschenleder überlegte, was er nur sagen konnte. Nach einer Weile hatte sie sich wieder im Griff und löste sich von ihm. Sie wischte sich die Tränen mit einem Taschentuch vom Gesicht und blickte ihn an.
„Danke, dass Du vorbeigekommen bist."
„Keine Ursache! Ich werde auch morgen vorbei schauen, wenn es Dir recht ist."
„Natürlich, ein bisschen Gesellschaft kann nicht schaden."
„Hast Du jemanden, der sich um dich kümmern kann?"
„Es sind fast alles Ludwigs Freunde, die haben mit mir nicht viel am Hut. Wer will schon eine ehemalige Putzfrau als Gesprächsgast."
Gutschenleder ging in Richtung Haustür und zog seinen Mantel wieder an.
„Dann komme ich morgen Abend wieder vorbei, um zu sehen, wie es Dir geht."

Sie nickte. „Vielen Dank!“
„Wenn Du doch jemanden brauchst!“
„Ich habe keine Verwendung für einen Psychologen. Diese Typen waren mir schon immer suspekt.“
„Also gut. Dann geh´ bald ins Bett und versuch zu schlafen.“
„Sicher!“
Sie öffnete die Tür und Gutschenleder drehte sich noch einmal zu ihr um.
„Bist Du in Ordnung?“
Patrizia nickte. „Geh´ schon und mach´ deinen Job!“
„Gute Nacht!“
„Gute Nacht!“
Gutschenleder ging zu seinem Wagen und stieg ein, während Patrizia hinter ihm die Tür schloss.
Er blickte noch einmal auf das Haus, dann startete er den Motor und fuhr aus dem Viertel hinaus, während sich die Stille über die Gegend legte.

Achtes Kapitel

Als Gutschenleder das Viertel verlassen hatte, löste sich aus dem Schatten des nebenstehenden Hauses eine Gestalt. Der Mann hatte die ganze Zeit über das Haus der Angerers beobachtet und als Gutschenleder wieder hinaus getreten war, mit seinem Handy ein Foto des Mannes geschossen.
Jetzt ging der Mann wieder zu seinem eigenen Wagen, der zwei Häuser weiter geparkt stand und stieg ein. Er sah noch die Rücklichter des Wagens von Gutschenleder und nahm sofort die Verfolgung auf.
Die Fahrt ging über eine Viertelstunde durch Garmisch Partenkirchen, bis sie vor dem alten Bauernhof endete, in dem Gutschenleder seit Jahren wohnte. Das Gebäude hätte auf jede Ansichtskarte gepasst, da es schon sehr dunkle Farben aufwies und die Farbenpracht von den schneebedeckten Häusern daneben noch verstärkt wurde. Der Mann hielt etwa dreißig Meter von dem Hof entfernt den Wagen an und wartete, bis Gutschenleder im Haus verschwunden war, dann merkte er sich die Adresse und lenkte den Wagen wieder in Richtung Stadtzentrum.

....

Es war gegen 21 Uhr, als Moor die Wohnungstür aufsperrte, eintrat und Jacke sowie Schuhe auszog. Er atmete durch und ging, nachdem er die Tür wieder geschlossen hatte, in Richtung Wohnzimmer. Das Licht brannte und als er im Rahmen stehen blieb, blickte er mit einem Lächeln auf Edeltraud, die auf der Couch saß, die

Füße auf den Tisch ausgestreckt und die Nachrichten im Fernsehen anschaute.
„Guten Abend, Frau Kollegin!“
Sie blickte auf und grinste. „Hallo, Rog´!“
Sie wartete, bis er zu ihr getreten war, dann beugte er sich zu ihr hinunter und sie küssten sich leidenschaftlich.
„Schwerer Tag?“
Moor nahm neben ihr Platz und sie schenkte ihm ein Glas Wasser ein, das auf dem Tisch stand.
Moor antwortete: „Es ging. Die Leut´ haben ned viel g´wusst. Der Kerl war halt ein Abenteurer. Er hat das Schicksal anscheinend einmal zu oft herausgefordert.“
Edeltraud legte einen Arm um ihn und zog ihn zu sich heran.
„Schwamm drüber! Der Fall ist so gut wie abgeschlossen. Meine Untersuchungen an der Leich´ haben a ned mehr ergeben. Es deutet alles auf einen Unfall hin und dabei werden wir es wohl belassen.“
Moor legte den Kopf an ihre Schulter. „Hast Du es mitbekommen?“
„Was?“
„Gutschenleder hatte mal ein Verhältnis mit der Frau des Opfers!“
Edeltraud pfiff durch die Zähne. „Na hoppla, I hab immer gedacht, der Gutschi hat koa Privatleben gehabt. Na also, is es denn wenigstens a scharfe Maus?“
Moor nickte. „Kann man wohl sagen. Ich hätte nie gedacht, dass unser Chef auch als Don Juan unterwegs ist.“
„Na hör´ mal, er is auch bloß a Mannsbild! Warum soll er koa Intimleben haben?“

Moor küsste sie auf die Wange. „Geht uns a nix an. Reden wir liaba über schönere Dinge!“
Sie löste sich von ihm und blickte ihm tief in die Augen. „Guade Idee! Wer war eigentlich der scharfe Feger, den I heut mit Dir gesehen hab?“
Moor zuckte zusammen. „Wen meinst denn?“
„Na, des heiße Model, des mit Dir das Präsidium verlassen hat.“
Moor sagte: „Des is mei neue Partnerin!“
„Was? A Granaten, wie die is die neue Partnerin von meinem Liabsten?“
Moor küsste sie wieder auf die Wange. „Koa Angst, Frau Hoffman, unser Beziehung is nur rein beruflich.“
Edeltraud warf ihm einen scharfen Blick zu, dann fuhr ein Lächeln über ihre Lippen.
„Scho´ guad, I woas ja, dass Du a treuer Mann bist. Komm´ bloß nicht auf falsche Gedanken.“
„Keine Sorge, I glaub´ sowieso, dass die guate Frau scho auf der Suche nach ihrem nächsten Freund ist.“
„Dann ist es ja guat.“
Sie schaltete den Fernseher ab und kniete sich neben Moor auf die Couch.
„Und was mach´ mer jetzt mit dem angebrochenen Abend?“
Moor zog sein Jackett aus und knöpfte sein Hemd auf. „Ich werd´ jetzt erst einmal a Dusche nehmen und mich ein bisserl frisch machen.“
„Gute Idee! Und dann?“
Moor blickte sie mit einem Lächeln an. „Da wird mir scho was einfallen.“
Er erhob sich und zog das Hemd aus, dann ging er

schnell ins Bad und stieg unter die Dusche.
Nach fünf Minuten trocknete er sich ab, ließ das Handtuch auf den Rand der Duschkabine hängen und ging nackt ins Wohnzimmer zurück.
Er blickte sich um, doch Edeltraud befand sich nicht mehr im Raum. Moor drehte sich um und ging zum Schlafzimmer, wo er in der Tür stehen blieb.
Der Raum war nur schwach erleuchtet, doch reichte es aus, um die Lage zu überblicken.
Edeltraud lag auf der Bettdecke und hatte den Kopf gegen die hintere Holztäfelung des Bettes gelehnt. Sie trug ihr weißes T-Shirt und einen schwarzen String. Das T-Shirt hatte sie halb hochgezogen, so dass es nur noch ihre Brüste verdeckte, die wie Hügel unter einer Schneedecke sich Moor entgegen reckten.
Moor blieb einen Moment stehen und zündete dann zwei Teelichter, die auf dem Nachttisch standen, an. Dann schaltete er den Dimmer aus und trat ans Bett.
Edeltraud blickte zu ihm hoch. „Hallo, Herr Kommissar!“
Moor beugte sich zu ihr und küsste sie auf die Stirn. „Hallo, Frau Spurensicherung! Alles erledigt für heute?“
Sie schüttelte den Kopf. „Oa Untersuchung muas I no macha!“
Sie packte ihn an den Schultern und zog ihn mit einem Ruck zu sich hinunter. Moor legte sich vorsichtig auf sie und fuhr mit den Händen über ihr zartes Gesicht.
„Ich hoff´, des wird eine gründliche Untersuchung!“
Edeltraud lachte kurz. „I arbeit´ immer gründlich, daher hab´ I ja meinen guaden Ruf!“
„So kenn´ I dich!“

Sie küssten sich lange auf die Lippen, dann fuhr Moors rechte Hand über ihre Oberschenkel und den flachen Bauch, der langsam zu beben anfing.
„Nervös, Frau Kollegin?“
Sie schüttelte den Kopf. „Den Begriff kenn´ I gar nicht. Und wie steht es mit eana, Herr Kommissar?“
„I versuch mich, auf die Arbeit zu konzentrieren!“
Sie blickte ihn kurz an. „Des nennst du Arbeit? I nenn des Vergnügen!“
Moor lachte herzhaft. „War bloß a Scherz! Jede Minuten mit Dir is a reine Freud!“
Er löste sich von ihr und zog ihr das T-Shirt aus. Er warf es seitlich neben das Bett und brachte seinen Körper wieder über den ihrigen.
Moor blickte ihr tief in die Augen und meinte dann: „I will bloß hoffen, dass der Fall wirklich abgeschlossen ist, dann haben wir nämlich wieder gnua Zeit für uns zwoa!“
„Des is er scho, des kannst mir glauben. Jetzt reden wir nimma über den Fall, sondern nur no über uns, is des klar?“
„Ja, Frau Kollegin!“
Sie zog ihn an sich heran und die Stille legte sich über den Raum, der von den beiden Teelichtern nur noch spärlich erhellt wurde.

Neuntes Kapitel

Der nächste Tag begann mit dichtem Schneefall, so dass die Anfahrt zum Präsidium ständig frei geräumt werden musste.
Die Beamten der Tagschicht kämpften sich mit ihren Fahrzeugen durch den Verkehr und traten ihren Dienst an, darunter auch Moor und Edeltraud.
Sie kamen wieder fünf Minuten voneinander getrennt mit ihren privaten Fahrzeugen und trafen sich erst an der Kaffeemaschine im Gang des ersten Stock.
Moor grüßte einige Kollegen, die auf dem Gang anwesend waren, als Erika zu ihm trat.
„Morgen, Roger!“
Er drehte sich um, nippte an seinem Becher und nickte dann.
„Guten Morgen, Erika!“
„Gut geschlafen?“
Moor sah Edeltraud kurz an und Erika war dieser Blick nicht entgangen.
„Ich kann nicht klagen.“
Erika reichte Edeltraud die Hand. „I bin die Erika, die neue Partnerin vom Roger hier!“
Edeltraud lächelte. „Edeltraud Hofmann!“
„Ah, die Herrin der Spurensicherung!“
„Des kann ma so sagen! Wie gefällts Eana denn soweit?“
Erika zuckte mit den Achseln. „Mei, I war gestern no auf der Pirsch, aber es war koana dabei, der mir in die Augen g´stocha is.“
„Du wirst sicher no oan finden!“
Erika lachte. „Und wenn I oan mit meine Handschellen

fesseln muas."
Die beiden Frauen schüttelten sich die Hände, dann gingen die drei Beamten in Richtung des Büros von Marius Gutschenleder.
Sie meldeten sich bei Sybille Müller an, die alle drei durchwinkte.
Sie traten durch die geöffnete Verbindungstür und blieben vor dem Schreibtisch stehen. Gutschenleder saß auf seinem Platz und wirkte unausgeschlafen. Seine Augen lagen tief in den Höhlen und das Gesicht war unrasiert.
Er blickte den drei Beamten entgegen und richtete dann das Wort an sie.
„Nun, wie weit sind wir?"
Edeltraud ergriff das Wort. „Der Abschlußbericht wird gerade getippt. Keine Anzeichen auf Fremdeinwirkung, mein Urteil lautet Unfall!"
Gutschenleder blickte zu Moor. „Und bei Ihnen?"
„Wir haben die Ehefrau befragt, sowie den Bergführer, mit dem Angerer öfter unterwegs war. Er hat uns noch zwei Namen genannt von Freunden, die mit ihnen die Bergtouren gemacht haben und ebenfalls schon in der Wand tätig waren."
Gutschenleder ließ sich die Namen geben und blickte dann wieder auf.
„Die können Sie dann morgen befragen, was mich angeht, lautet das Urteil auch Unfall!"
Erika trat einen Schritt vor. „Wir wollen bloß sicher gehen, alle möglichen Zeugen zu befragen, die Angerer noch gesehen haben, am Unglückstag. Die beiden Männer sind der Teilhaber und der ehemalige Chef der

Softwarefirma."
Gutschenleder nickte. „Na gut, suchen Sie die beiden Herren auf. Für heute erwarte ich den abschließenden Unfallbericht von Ihnen. Alles andere hat bis morgen Zeit!"
Die drei Beamten blickten sich kurz an, dann richtete sich Gutschenleder in seinem Sitz auf.
„Das wäre alles!"
Moor folgte Edeltraud und Erika ins Vorzimmer und schloss die Tür, kurz darauf standen die drei wieder auf dem Gang.
Edeltraud blickte auf die geschlossene Tür und schüttelte den Kopf.
„Der is heute schlecht drauf!"
Erika zuckte mit den Achseln. „Mei, schlechte Tage haben wir alle amoi."
Moor dachte wieder an die ehemalige Beziehung zwischen Gutschenleder und Patrizia Angerer und meinte dann: „Lassen wir ihn für heute in Ruhe, machen wir unseren Bericht und vergessen wir die ganze Sach´!"
Edeltraud warf einen kurzen Blick auf Erika, dann deutete sie über die Schulter.
„I verzieh´ mich dann wieder in mei Reich!"
Sie nickte Erika zu und ging in Richtung Treppenhaus.
Erika folgte Moor in ihr gemeinsames Büro und nahm an ihrem Schreibtisch Platz, auf dem noch ein Karton mit den Sachen stand, die sie aus München mitgebracht hatte.
Sie packte diese Sachen aus, verstaute sie in den Schubladen und stellte dann den leeren Karton neben dem Tisch ab.
Moor hatte sich bereits in den Computer eingeloggt und

schrieb die restlichen Absätze seines Berichtes.
Nach einer Weile sendete er die Datei an Sybille Müller, die ihn dann bei sich ausdrucken und Gutschenleder vorlegen konnte.
Moor schaltete den Computer aus und öffnete die Knöpfe seines Jacketts. Er lehnte sich zurück und nippte noch einmal an seinem Kaffee.
„Schneller Fall, des muss ich sagen!"
Erika blickte ihn an und machte eine abwertende Geste. „Mei, der nächste Mord kommt bestimmt, dann haben wir sicher mehr Action."
Moor lächelte schwach. „Ohne Mord wäre es mir lieber, da kommen nur die schlimmsten Seiten des Menschen zutage."
Erika verschränkte die Arme. „In München haben wir genug Schwerverbrechen gehabt, da ist a bisserl Ruhe auch nicht schlecht. Einbrüche und Diebstähle sind ja auch nicht zu verachten."
Moor blickte sie an. „Auch wieder wahr. Wie auch immer, die beiden Zeugen werden wir trotzdem noch befragen, ich möchte alle offenen Fragen beantwortet haben."
„Sowieso, ich möchte sowieso mal einen Blick in die Firma von dem Angerer werfen. Vielleicht kommt raus, dass er doch ein paar Feine gehabt hat."
Sie überlegte einen Moment, dann fragte sie: „Was war denn des eigentlich für ein Blick, dem Du den Gutschenleder zugeworfen hast? Weißt Du was, des ich nicht weiß?"
Moor blickte sich um, doch in diesem Moment war niemand in der Nähe, der sie verstehen konnte.

„Der Chef hat ein Verhältnis mit der Frau des Opfers gehabt, allerdings vor der Ehe mit dem Angerer!"
Erika lehnte sich zurück. „Ach so, deswegen war der heut´ so verstimmt. Hat ihn sicher schwer getroffen."
„Ich glaub´, die Frau hat es mehr getroffen."
„Glaubst Du, er wird den großen Tröster spielen?"
„Des geht uns eigentlich nichts an und ehrlich gesagt, will ich es gar nicht wissen. Was der Gutschi in seiner Freizeit macht, des is sein Bier und da will ich mich auch nicht einmischen. Dabei sollten wir es dann auch belassen. Glaub´ mir, Erika, der Chef will nicht von uns unter die Lupe genommen werden."
Erika stützte sich mit den Ellbogen auf den Tisch. „Ich würde ja auch nur in seiner Vergangenheit rumstöbern, wenn ich Anlass hätte zu glauben, er hätte was mit dem Unfall zu tun."
„Des is´ definitiv nicht der Fall."
„Dann können wir uns ja wieder dem Tagesgeschäft widmen."
Sie blickte auf eine Aktenmappe, die von einem der Kollegen der Nachtschicht auf den Tisch gelegt worden war.
Sie schlug die Akte auf und las einige Minuten darin.
„Aha, Kneipenschlägerei im „Zucki´s". Da war I gestern drin."
Moor blickte auf. „Hast mitgemacht bei der Schlägerei?"
Sie lachte. „Na, die hat anscheinend danach stattgefunden. Vielleicht haben die sich darüber geprügelt, wer mir nächstes Mal an Drink ausgeben darf."
Moor lächelte und fragte dann: „Festnahmen?"

„Ja, zwei Heißsporne schlafen gerade ihren Rausch in der Ausnüchterungszelle aus. Wenn die wach sind, können wir sie befragen.“
Moor hob seinen leeren Becher hoch. „Aber erst trinken wir noch an Kaffee!“
Erika nickte. „Super Idee, ohne Kaffee bin I sowieso unbrauchbar.“
Moor stand auf. „I hol noch zwei Becher.“

Zehntes Kapitel

Für Patrizia Angerer war der Tag schleppend verlaufen. Sie hatte sich mehr oder weniger über die Stunden gerettet, während ihr Hausarzt, der Notar und ein enger Freund von Ludwig hier gewesen waren.
Der Hausarzt hatte ihr einige Beruhigungstabletten da gelassen, die sie jedoch gleich in einer Schublade verstaut hatte.
Der Notar hatte ihr kurz mitgeteilt, dass nach Schluss der Beweisaufnahme der Polizei ein Termin anstünde, in dem ihr das Testament eröffnet werden würde.
Nach dessen Weggang war schließlich der Freund aufgetaucht, der sich nach ihrem Befinden erkundigt hatte und nach nur fünf Minuten wieder gegangen war. Soviel zum Thema Beileid, dachte Patrizia. Sie hatte schon wieder vergessen, was die drei Männer alles von sich gegeben hatten und war kurz nach dem Mittagessen, das aus einer leeren Suppe bestanden hatte, in den Keller gegangen, um im Pool einige Runden zu schwimmen.
In den Monaten und Jahren in diesem Haus waren die Momente im Pool die einzigen gewesen, in denen sie mehr oder weniger alleine sein konnte, da Ludwig immer erst spät von der Firma gekommen war, um dann noch selbst ein paar Bahnen zu schwimmen.
Da unten konnte sie in Ruhe ihren Körper trainieren, während die Stereoanlage, die sich neben der Tür befand, die Lieblingshits ihrer Jugend von sich gab und sie manchmal nach Verlassen des Beckens an der Bar, die sich neben der Fensterfront befand, einen kleinen Whisky hinunter kippte.

Gegen 16 Uhr, nachdem sie eine Stunde am Beckenrand gelegen und ein wenig geschlafen hatte, während ihr linker Arm ins Wasser gerutscht war, kam sie nun in ihren Bademantel gekleidet, wieder ins Erdgeschoss.
Sie ging in ihr Schlafzimmer, öffnete den Kleiderschrank und wählte eine schwarze Kombination aus Bluse und Rock, die sie auch zur Beerdigung tragen wollte.
Sie zog beides an und hängte dann den Bademantel an die Zimmertür, wo er trocknen konnte.
Sie ging wieder ins Wohnzimmer, wo der Kamin durchgehend ein Feuer führte, das sie nie ausgehen ließ.
Sie hatte die Nacht hier im Zimmer verbracht und war durch das knisternde Feuer nur ein Mal in ihrem Schlaf gestört worden.
Jetzt blieb sie wieder vor dem offenen Kamin stehen und blickte in die Flammen. Ihr Leben würde nun eine neue Wendung nehmen, das war ihr klar, doch alleine wollte sie diesen Lebensabschnitt nicht verbringen. Sie hatte zu viele Monate ihres Lebens alleine verbracht und in jenen Zeiten war sie fast immer in Depressionen verfallen.
Dieses Mal wollte sie ihr Leid wenigstens vorübergehend mit einem anderen Menschen teilen, wenn sie einen Mann fand, der sie an seiner Seite haben wollte.
Die trauernde Witwe war nicht ihr Ding, auch wenn ihre Ehe glücklich gewesen war. Ludwig hätte es nicht anders gewollt, dachte sie. Es ist nur recht, wenn ich mich wieder nach einem Mann umsehe.
Sie schwelgte kurz in Erinnerungen an die glückliche Zeit mit ihrem Mann, als die Hausglocke sich bemerkbar machte.
„Nicht noch einer!"

Sie überlegte, wer jetzt noch auf ihre Nerven gehen wollte, während sie sich der Tür näherte. Sie öffnete und blickte auf Marius Gutschenleder, der vor ihr stand.
„Hallo, Patrizia!“
„Marius!“
„Darf ich hereinkommen?“
„Natürlich!“
Sie ließ ihn eintreten und er legte seinen Mantel ab, dann begaben sie sich wieder ins Wohnzimmer, wie am Abend zuvor.
Die einbrechende Dunkelheit ließ das Kaminfeuer heller erscheinen, als Patrizia ein Holzscheit nahm und in die Flammen warf. Das Feuer loderte einen Moment hoch, dann knisterte das Holz laut und sie drehte sich zu Gutschenleder um, der im Raum stehen geblieben war.
„Einen Drink?“
„Gerne!“
Sie ging an die Minibar, die sich in dem wuchtigen Schrank befand, der sich an der Vorderwand entlang zog und öffnete sie. Sie nahm eine Flasche Jack Daniels und zwei Gläser heraus und schenkte beide halbvoll. Sie stellte die Flasche zurück und reichte Gutschenleder ein Glas, während sie das zweite nahm und sich an das Panoramafenster stellte.
„Kommst Du nur, um dich nach mir zu erkundigen?“
Gutschenleder leerte sein Glas auf einen Zug und stellte es ab, dann trat er hinter Patrizia.
„Das auch, doch ich bin auch gekommen, um Dir zu sagen, dass die Ermittlungen so gut wie abgeschlossen sind. Das einhellige Urteil lautet auf Unfall! Wir werden den Fall morgen zu den Akten legen.“

Patrizia hielt ihr Glas in der Hand und wieder lief ihr eine Träne über die Wange.
„Gut, dann ist der Leichnam zur Beerdigung freigegeben!“
Gutschenleder nickte. „Er wurde bereits vom Bestattungsunternehmen abgeholt. Die nötigen Schritte wird sicher dein Anwalt unternehmen, ich denke doch, dass Du einen hast?“
„Natürlich, er ist auch gleichzeitig unser Notar, der war heute schon hier.“
Gutschenleder legte ihr eine Hand auf die Schulter und drückte sie leicht.
„Bist Du wirklich in Ordnung?“
Sie nahm einen Schluck Whisky und drehte sich um.
„Es geht schon. Die Nacht war nicht so besonders, doch mittlerweile habe ich mich damit abgefunden, dass er nicht mehr kommt.“
Sie stellte ihr Glas auf den Tisch und blickte wieder auf die winterliche Landschaft hinter dem Haus.
„Ich liebe diesen Blick, ob Sommer oder Winter, da lernt man erst den Zauber der Natur kennen.“
Gutschenleder stellte sich neben sie. „Das kann ich mir vorstellen.“
„Ich weiß nicht, ob ich es hier lang aushalten werde. Am liabsten, tät ich wieder in meine kloane Wohnung ziagn. Da stört mi glaub´ ich koana.“
Gutschenleder legte einen Arm um Patrizia. „Tu das nicht, hier bist Du von allen ungestört und hast viel Platz. Mit der Zeit findest sicher an neuen Partner.“
„Des will ich sowieso, denn allein halt ich es nicht aus, in dem Riesenbunker.“

Gutschenleder lächelte. „Du findest sicher ganz schnell wieder an Burschen, der Dich gern haben wird. Du bist immer scho a ganz a Brave gewesen."
Patrizia wandte den Kopf und blickte ihn ernst an.
„Denkst Du immer no an die schöne Zeit z´ruck, die mir g´habt haben?"
„Sicher, denn des war a schöne Zeit, die ich immer in meinen Gedanken verankert habe. Es hat damals alles gepasst zwischen uns."
Sie fasste ihn an beiden Armen. „Warum hast mich dann verlassen?"
Gutschenleder wurde ernst. „I hab damals viel um die Ohren gehabt und wollt nicht, dass der Ärger von der Arbeit mit nachhause kommt. Des is nicht Recht, wenn man dahoam nur von der Arbeit redet, da ist die Romantik schnell gekillt."
„War es nur das?"
Gutschenleder sagte: „Wenn es drauf angekommen wär´, dann hätte ich Dich geheiratet, des weißt Du. Aber ich wollte mich damals nicht binden, ich glaub´, ich bin auch kein Mann, den man lange an seiner Seiten haben möchte."
„Red´ koan Unsinn, Du bist auch a gutes Mannsbild, so wie es der Wiggerl war."
Gutschenleder wurde verlegen. „Ich weiß jetzt nimma, was ich sagen soll."
Patrizia blickte ihm tief in die Augen. „Möchtest Du nicht der Mann an meiner Seite sein?"
Gutschenleder fuhr mit der Hand durch ihre noch leicht feuchten Haare.
„Das würde jetzt a bisserl komisch aussehen, glaub´ ich.

Des ganze Gerede in der Stadt und die Aufmerksamkeit, des wäre jetzt glaub´ ich nicht das richtige für Dich."
Patrizia winkte ab. „Des macht mir gar nix aus. Ich frag´ Dich jetzt nur einmal, Marius. Willst bei mir bleiben für die nächste Zeit? Dann können wir schnell herausfinden, ob wir noch zusammenpassen!"
Gutschenleder überlegte nur kurz, dann nahm er ihre Hände in die seinigen und nickte langsam.
„Des mach´ ich gerne, Patrizia. Ich werd´ Dir helfen, wo es nur geht, bis der ganze Rummel vorbei ist."
Sie lächelte schwach und umarmte ihn. Ihr Kopf lag an seiner Brust und Gutschenleder presste sie an sich.
„Wir werden des schon schaffen."
Sie nickte wieder. „Des glaub´ ich auch."
Sie standen schweigend im Raum und nur das Knistern des Feuers unterbrach die Stille.

……………………..

Vor dem Haus, in einiger Entfernung stand wieder der Wagen, der Gutschenleder am gestrigen Abend gefolgt war. Der Mann hinter dem Steuer hatte den Polizeichef ins Haus gehen sehen und war dann aus seinem Fahrzeug ausgestiegen.
Er hatte sich dem Zaun genähert und war dann, nach einem vorsichtigen Blick über die Nachbarhäuser, mit einem Satz über den Zaun gesprungen.
Alarmanlagen oder Kameras gab es hier keine, so dass er ungesehen um das Haus gehen konnte und an der nächsten Ecke stehen blieb.
Er blickte um die Ecke und sah das große Fenster des

Wohnzimmers und wenig später auch die beiden Gestalten, die sich dort aufhielten.
Beide sprachen eine Weile miteinander, dann lag Patrizia in den Armen des Mannes und vergrub ihr Gesicht an dessen Brust.
Der Beobachter zog sich zurück und ging wieder nach vorne. Er blickte sich um, sprang über den Zaun und stieg wenig später in seinen Wagen.
Er blickte auf sein Handy, das auf dem Beifahrersitz lag und auf dessen Display jetzt einige Daten aufleuchteten.
„Marius Gutschenleder, bei der Polizei seit…“
Es folgten noch weitere Daten über den Mann, dann schaltete der Fahrer das Handy ab und schnallte sich an.
Er wusste, dass sein Unternehmen noch lange nicht beendet war und dass noch viele Schritte folgen mussten, doch die Intervention dieses Polizisten war eines der Dinge, die er nicht in Betracht gezogen hatte.
Wie auch immer, dachte der Mann, auf eine Leiche mehr oder weniger, kommt es jetzt auch nicht mehr an.
Er startete den Motor und fuhr langsam aus dem Viertel hinaus.

Elftes Kapitel

Am nächsten Morgen öffnete Moor die Tür zu seiner Wohnung und ging langsam die Treppen hinunter. Er trat auf die Straße und blickte in einen strahlend blauen Himmel. Die Luft war trocken und kalt und er sog sie tief in die Lungen ein.
Er wollte schon zu seinem Wagen gehen, als er Erika sah, die an ihren Wagen gelehnt, einige Meter entfernt stand.
„Guten Morgen, Kollege, I hab´ gemeint, I hol´ Dich mal ab, da sparen wir Benzin.“
Moor lächelte. „Guade Idee!“
Er trat zu ihr und öffnete die Beifahrertür. „Hast Du die Adressen der beiden Männer dabei?“
Sie nickte. „Wir werden Brecht wahrscheinlich in der Firma erwischen. Holzmann, der zweite Zeuge, wohnt seit einiger Zeit in Eschenlohe.“
„Dann beginnen wir mit dem Brecht.“
Sie stiegen ein und Erika wollte gerade den Motor anlassen, da verließ Edeltraud das Haus und ging, ohne auf die beiden zu achten, zu ihrem Wagen. Erika warf einen schelmischen Seitenblick auf Moor und lächelte.
„Na hoppla, was soll I denn davon denken?“
Moor senkte den Blick. „Nix!“
„Du und die Traudl, des is´ ja ganz was Neues.“
Moor drehte sich leicht und blickte sie an. „Du könntest mir an Gefallen tun und mit Niemanden darüber reden.“
Erika nickte verschwörerisch. „Ach so, des weiß noch keiner im Büro?“
„Dabei möcht´ ich es auch belassen. Ich wär´ Dir sehr dankbar.“

Erika startete den Motor und nickte schließlich noch einmal.
„In Ordnung, euer kleines Geheimnis is sicher in meinem Hirn verschlossen. Aber Du schuldest mir dafür etwas.“
„Was denn?“
„Gib´ mir mal eine Liste mit Typen, die ich mir unter den Nagel reißen kann. Schließlich will I ja auch mal einen netten Kerl erwischen.“
Moor lehnte sich zurück. „Ich werd´ mal schauen, was sich machen lässt.“
Erika lenkte den Wagen auf die Hauptstraße und dann in Richtung Innenstadt.
„I hab´ mir mal die Daten der Firma angeschaut. Der Angerer hat sie innerhalb von kurzer Zeit zu einem gewinnbringenden Unternehmen ausgebaut.“
„Von Geschäften hat er anscheinend viel verstanden, wenn Du Recht hast.“
„Er ist bei seinen Eltern aufgewachsen, bis sie bei einem Skiunfall ums Leben gekommen sind. Dann hat ihn seine Tante übernommen und die hat in ihm anscheinend den Sinn fürs Geschäft geweckt. Er hat als Lehrling in der Firma angefangen und sich in kurzer Zeit hochgearbeitet. Als die Firma in Schwierigkeiten gekommen ist, hat er mit seinem ererbten Privatvermögen die Firma aufgekauft und grundsaniert. Es hat anscheinend einige Entlassungen gegeben, doch seitdem ist die Firma stetig gewachsen und wieder in die Gewinnzone gefahren.“
Moor blickte aus dem Fenster. „Hat sicher einigen Leuten nicht gefallen, dass er sie rausgeschmissen hat.“
Erika nickte. „Kann gut sein, doch wir reden hier immer noch über einen Bergunfall, oder nicht?“

„Sicher."
Sie fuhren eine Zeit lang schweigend dahin, dann bog Erika nach links in ein Industriegebiet ab und nach einer Weile erreichten sie den großen Parkplatz der Softwarefirma.
Erika parkte den Wagen auf einem der Besucherplätze und die beiden Beamten stiegen aus.
Erika zog sich ihre Winterjacke fest an den Körper und schüttelte sich.
„Des is´ vielleicht eine Eiseskälte. Ist des immer so bei Euch?"
Moor blickte sie kurz an. „Im Sommer nicht!"
„Scherzkeks!"
Sie gingen durch die große Eingangstür des gläsernen Gebäudes und meldeten sich an der Pforte an.
Nach einer Weile kam ein Angestellter der Firma und führte sie in den obersten Stock, in dem sich das Büro von Phillip Brecht befand.

Zwölftes Kapitel

„Herein!“
Moor öffnete die Tür des Büros und ließ Erika zuerst eintreten. Er folgte ihr und schloss die Tür wieder, dann fiel sein Blick auf den Mann, der jetzt hinter dem gläsernen Schreibtisch aufstand, um sie zu begrüßen. Für Erika war der Fall schon gelaufen, ihre Augen glänzten.
Phillip Brecht hätte gut der Zwillingsbruder von George Clooney sein können. Außer den leicht grauen Haaren des Filmstars passte alles überein. Der Blick aus den dunklen Augen, bei dem die Frauen reihenweise Atemprobleme bekamen, das braun gebrannte Gesicht und der Maßanzug, der bei Brecht wohl von Joop kommen musste.
Das Jackett hatte er vorne offen und das lupenweiße Seidenhemd spannte sich leicht, als er um den Tisch kam und zuerst Erika und dann Moor die Hand reichte.
„Phillip Brecht, was kann ich für Sie tun?“
Erika war einen Moment sprachlos, also zückte Moor seinen Ausweis.
„Wir sind von der Polizei, die Kommissare Merkner und Moor.“
Brecht warf nur einen kurzen Blick auf den Ausweis, dann blickte er über die Schulter von Moor auf die Tür, wo die Sekretärin gerade erschien.
„Drei Kaffee, bitte!“
„Sofort, Herr Brecht.“
Die junge Frau verschwand nach links, während Brecht den beiden Beamten Zeit gab, sich auf die beiden Stühle

zu setzen, die für Besucher aufgestellt waren. Er selbst blieb vor dem Schreibtisch stehen und stemmte die Hände in die Seiten.
„Wie kann ich helfen?“
Moor steckte seinen Ausweis weg und begann. „Wir ermitteln im Unfall von Ludwig Angerer, ihrem Partner. Sie haben ja sicher schon aus der Zeitung von dem Fall erfahren.“
Brecht nickte. „Selbstverständlich, es ist für uns alle ein großer Schock. Phillip und ich waren die besten Freunde, wenn man in unserem Geschäft von Freundschaft reden kann. Wir haben die Firma aus dem Dreck gezogen und wieder salonfähig gemacht. Ich kann es noch gar nicht richtig glauben.“
Erika fing sich jetzt wieder und fragte: „Wann haben Sie ihn zuletzt gesehen?“
„Am Morgen des Unfalls, er war noch kurz hier und hat einige Verträge unterschrieben, dann wollte er sofort los.“
„Warum sind Sie nicht mit ihm gegangen?“
Brecht winkte ab. „Die Tour ist nicht mein Ding. Ich bin eher der Sicherheitsfanatiker. Die Wankenwand begehe ich nur im Sommer bei besten Bedingungen. Da war Ludwig schon ein bisschen risikofreudiger.“
Moor nickte. „Sie haben mit dem Bergführer Josef Anders an einer Tour im Sommer gearbeitet?“
„Das ist richtig, wir wollen die Eiger Nordwand besteigen auf einer völlig neuen Route. Jetzt sind nur noch Josef, Toni und ich übrig.“
Er wartete, bis die Sekretärin die drei dampfenden Tassen Kaffee vor ihnen abgestellt hatte und die Tür wieder

geschlossen hatte, dann gab er den beiden Beamten je eine Tasse und fuhr fort.
„Wir werden die Tour für Ludwig machen, das sind wir ihm schuldig.“
Erika hatte sich jetzt wieder im Griff und fragte: „Wie haben Sie sich kennen gelernt?“
„Das war kurz, nachdem ich hier in Garmisch angekommen bin, ich war auf der Suche nach einem guten Geschäft und bin mit Ludwig zuerst übers Bergsteigen ins Reden gekommen. Mit den Tagen sind wir auf gleicher Wellenlänge angekommen und er hat mir schließlich die Partnerschaft angeboten, nachdem er Toni ausgezahlt hat.“
„Toni Holzmann?“
„Ja, er war der ehemalige Inhaber unserer Firma, doch er hat sie, wie ich vorher schon sagte, in den Dreck gezogen. Er ist zwar ein ausgezeichneter Bergsteiger, aber ein mieser Geschäftsmann. Er bringt die Millionen lieber auf eigene Faust durch, als sie in die Firma zu stecken.“
Moor blickte auf. „Inwiefern?“
Brecht lächelte schwach. „Nun, er pflegt öfter die Häuser des Rotlichtbezirkes aufzusuchen, jedenfalls hat er das früher gemacht. Nachdem er von Ludwig ausbezahlt worden war, hat er sich auf Hostessenservice spezialisiert. Ich glaube, er hat zwei oder drei Damen, die ihn regelmäßig zuhause besuchen und….Sie wissen schon.“
Er blickte Erika kurz an, die jedoch abwinkte. „I komm´ von der Münchener Polizei, da san gnua Sexverbrechen passiert.“

„Dann entschuldigen Sie bitte, Frau Merkner, ich wollte nicht zu sehr ins Detail."
„Des is´ scho in Ordnung!"
Brecht fuhr fort. „Nun, er vergnügt sich mit den Damen immer vor und direkt nach einer Tour, die wir unternehmen. Anscheinend braucht er die Ablenkung."
Moor nippte an seinem Kaffee und fragte dann: „Und Sie?"
Brecht ignorierte den sarkastischen Unterton in Moors Stimme und antwortete: „Ich bekomme die Frauen, die ich will. In meiner Position ist das einer der wenigen Vorteile, wenn man genügend Geld hat und noch dazu mein Aussehen."
Erika senkte den Blick. „Des kann´ I verstehen."
Brecht warf ihr einen kurzen Blick zu und meinte: „Also im Moment bin ich vergeben."
„Schade!"
Erika leerte ihre Tasse auf einen Zug und stellte sie auf den kleinen Tisch, der neben ihr stand.
„Hatte der Herr Angerer eigentlich Feinde?"
Brecht zuckte mit den Achseln. „Nicht dass ich wüsste, aber in einem Geschäft, wie dem unseren, bleiben Feinde wohl nicht aus. Sei es durch Übernahmen, oder durch Entlassungen."
Moor erhob sich. „Gab es da einen speziellen Fall?"
Brecht schüttelte den Kopf. „Nein, wir haben diejenigen, die wir in Frührente geschickt haben, großzügig ausbezahlt, da hat sich keiner beschwert. Und bei den Geschäften mit anderen Firmen gab es sicher mal den üblichen Hickhack, doch ist mir nichts bekannt, was sich gegen Ludwig oder mich gerichtet hat."

Erika stand ebenfalls auf. „Gut, dann haben wir es für heute. Falls wir noch Fragen haben, werden wir uns sicher noch einmal rühren.“
Sie reichte Brecht die Hand und er hielt sie länger als nötig fest.
„Es war nett, eine Frau wie Sie kennen zu lernen.“
Moor warf er nur ein kurzes Nicken zu, dann geleitete er die beiden zur Tür und öffnete sie.
„Schönen Tag noch.“
„Danke!“
Moor und Erika gingen an der Sekretärin vorbei in den Gang und standen wenig später wieder auf dem Parkplatz bei ihrem Wagen.
Moor sperrte auf und meinte: „So ganz koscher ist der Kerl auch nicht.“
Erika war noch in Gedanken. „Was?“
Moor lächelte. „Ich seh´ schon, bei Dir hat der Blitz eingeschlagen!“
Erika nahm auf dem Fahrersitz Platz und wartete, bis Moor ebenfalls eingestiegen war.
„Der is´ vergeben, des hat er doch g´sagt.“
Moor zuckte mit den Achseln. „Typen wie der wechseln wahrscheinlich die Partnerin jede Woch´ einmal aus. Pass auf, sonst wickelt Dich der Kerl auch no um die Finger.“
Erika startete den Motor. „I kann scho auf mich aufpassen.“
Moor nickte. „Des will ich hoffen.“
„Zur Not hab´ I ja meine Kanone!“
Moor blickte auf seine Armbanduhr. „Es is´ gleich Mittag, wir sollten zuerst etwas Essen, bevor mir dem

Holzmann Toni auf die Finger schauen."
„Guade Idee, dann komm´ ich sicher auf andere Gedanken."
Sie lenkte den Wagen vom Parkplatz und wenig später waren sie vom Firmengelände verschwunden.

Dreizehntes Kapitel

Die hoch stehende Mittagssonne ließ die Schneemassen glitzern und Gutschenleder fühlte sich, wie in einem Meer von funkelnden Diamanten, als er vor dem Haus der Angerers hielt und ausstieg. Er nahm die Tüte vom Beifahrersitz und sperrte den Wagen ab, dann trat er an die Tür und klingelte.
Nach wenigen Momenten wurde die Tür geöffnet und Patrizia stand lächelnd vor ihm.
„Hallo, Marius!“
Gutschenleder trat ein und während sie die Tür wieder schloss, hob er die Tüte hoch.
„Ich dachte, wir könnten mal was anderes Essen, also hab ich beim Chinesen um die Ecke gehalten und etwas mitgebracht. Scharfe Sachen bringen Dich sicher auf andere Gedanken.“
Patrizia führte ihn in die geräumige Küche und stellte die Tüte, die sie ihm abgenommen hatte, auf die Theke der Küchenzeile, vor der zwei Hohe Barhocker standen, auf denen sie immer ihre einsamen Mahlzeiten einnahm.
Sie packte die heißen Alubehälter aus und öffnete die Verpackung, so dass der Geruch des dampfenden Essens ihr sofort in die Nase stieg.
„Richt gut!“
Gutschenleder hatte seinen Mantel abgelegt und setzte sich auf einen der Barhocker.
„Das will ich meinen, der Kerl hat den besten Ruf hier in Garmisch.“
Sie nahm ebenfalls Platz, reichte Gutschenleder Gabel und Löffel, dann aßen sie schweigend ihre Mahlzeiten.

Als sie ihr Mahl beendet hatten, warf Patrizia die leeren Alubehälter in den Abfalleimer und legte das Besteck in die Spülmaschine, ehe sie sich wieder auf den Hocker setzte und vor sich hin starrte.
Gutschenleder brach die Stille. „Alles in Ordnung?"
Sie nickte nur, ohne ihn anzusehen. „Ich hatte mir die Beerdigung schwieriger vorgestellt, doch ich hatte mich im Griff."
Gutschenleder nickte. „Ich wäre gerne zugegen gewesen, doch die Arbeit lässt mich morgens nicht aus ihren Fängen."
„Schon gut, die Aasgeier waren alle da und haben ihr Beileid kundgetan. Ich glaube, die waren froh, schnell wieder wegzukommen. Der Anwalt will mir morgen das Testament vorlegen, wenn ich richtig mitbekommen habe."
Gutschenleder fasste sie an der Schulter. „Dann ist alles vorüber und Du kannst dich auf neue Dinge konzentrieren. Vergiss´ einfach die Geschehnisse der letzten Tage und beginne ein neues Leben!"
Sie fasste seine Hand und lächelte ihm zu. „Das habe ich vor."
Sie streichelte mit der anderen Hand über sein Gesicht und erhob sich dann.
„Gehen wir ein Stück im Garten!"
Sie zog sich ihre Joggingjacke zu und Gutschenleder holte seinen Mantel, dann gingen sie durch die Schiebetür im Wohnzimmer in den Garten, der ein Meer aus Schnee war. Der Gartengestalter, der einmal in der Woche hier seinen Dienst versah, hatte einen schmalen Weg frei geräumt, auf dem nun die beiden Personen

dahinschlenderten. Patrizia nahm Gutschenleders Hand in die ihrige und hielt sie fest, während sie die kalte Luft in ihre Lungen einatmete.
„Ein schöner Tag, findest Du nicht?“
Gutschenleder nickte. „Des kannst Du laut sagen. Solche Tage lieb´ ich immer, da merkt man erst, wie schön wir´s hier haben in Bayern.“
Patrizia lenkte ihre Schritte zu dem kleinen Teich, der hier angelegt worden war und blickte auf die glitzernde Wasseroberfläche.
„Hier sitz´ ich im Sommer oft auf meiner Matte und genieße die Aussicht auf die Berg´, oder ich schau´ einfach nur den Enten zu, wenn´s hier ihre Balz veranstalten.“
Gutschenleder legte einen Arm um sie. „Des glaub´ ich. Du solltest das Haus auf alle Fälle behalten, des is einfach zu schön hier.“
Sie blickte ihn an und nickte. „Ja, des hab´ I auch vor, es is schließlich des Einzige, was mir vom Wiggerl geblieben ist.“
Sie drehte sich um. „Gehen wir wieder z´ruck?“
„Gerne!“
Sie schlenderten wieder in Richtung des Hauses und traten ins Wohnzimmer, wo Gutschenleder die Schiebetür schloss und verriegelte.
Patrizia stand vor dem Kamin und wärmte sich die kalten Hände, als er zu ihr trat.
Gutschenleder stellte sich neben sie und hielt wieder ihre Hand.
„I hab´ gemeint, wir könnten den Nachmittag ein bisserl herum fahren, damit Du auf andere Gedanken kommst.“

Sie schüttelte den Kopf. „Na, I bleib lieber hier, da sieht mi koana. Hast Du den Rest des Tages Zeit, Marius?"
„Sicher!"
„Dann bleib, ich bitte Dich!"
„Natürlich."
Sie zog ihn vom Kamin weg und sie gingen durch den Gang ins Schlafzimmer. Gutschenleder zögerte erst, doch dann folgte er ihr in den hell erleuchtenden Raum.
Die kahlen, weißen Wände wurden nur von dem Ölgemälde auf der gegenüber dem Doppelbett liegenden Wand unterbrochen, das Patrizia kurz vor ihrer Hochzeit in einem schulterfreien Kleid zeigte. Sie stand neben einem Tisch, auf dem sich eine Vase mit einer einzigen roten Rose befand und wirkte glücklich.
„Des ist mein Hochzeitsgeschenk gewesen, er hat einen renommierten Künstler dafür angeworben, der hat zwei Tage lang Schwerstarbeit geleistet, bis des Bild fertig war."
Gutschenleder blickte eine Zeit lang auf das Bild, dann drehte er sich zu Patrizia und lächelte.
„Da warst sicher glücklich."
„Des war ich."
„Aber jetzt bist noch schöner, als damals."
Sie lächelte schwach, dann blickte sie ihn direkt an.
„Hast wirklich Zeit genug?"
„Immer!"
Sie zog ihre Jacke aus und legte auch ihr T-Shirt, das sie darunter getragen hatte, ab. Sie stand mit nacktem Oberkörper vor Gutschenleder und blickte ihn aus ihren tief in den Höhlen liegenden Augen an.
„Dann mach´ mich a bisserl fröhlicher, denn heut war

ein schlimmer Tag."
Gutschenleder legte Mantel und Hemd ab und ließ sie zu Boden gleiten. Er küsste Patrizia voll auf den Mund und hielt sie zuerst lange in den Armen, so dass er die Wärme ihres Körpers spürte.
Dann traten sie ans Bett und sie ließ sich mit dem Rücken darauf nieder. Sie blickte ihn an, während er Schuhe und Hose ablegte, dann kniete er vor sie hin und zog ihr die Jogginghose aus. Er fuhr mit der Hand über ihren Oberschenkel und blickte sie dann noch einmal an.
„Willst wirklich?"
Sie sagte nichts, sondern zog ihn mit beiden Händen zu sich hoch und küsste ihn noch einmal leidenschaftlich auf die Lippen.
„Red´ nicht, sondern mach´ weiter!"
Er nickte und bedeckte ihren Bauch mit Küssen, während sie die Augen schloss und ein Lächeln über ihr Gesicht huschte.

Vierzehntes Kapitel

Das kleine, aber ansehnliche Einfamilienhaus am Rande von Eschenlohe, befand sich direkt neben der Autobahn nach München. An deren Seite lag eine etwa drei Meter hohe Schallschutzwand, die das Haus den Blicken der Autofahrer entzog.
Von vorne, wo die beiden Beamten jetzt ihren Wagen parkten und ausstiegen, hörte man nur bedingt die Geräusche der vorbeibrausenden Autos und Moor überflog das Anwesen mit einem Blick.
„Für sein Geld hat er sich aber hübsch eingerichtet, der Holzmann!“
Erika nickte. „Des kannst laut sagen, selbst für unsere Gegend ist des no a Palast. Und da hält der also seinen Harem, wenn des stimmt, was der Brecht g´sagt hat.“
Moor lächelte und öffnete das Gartentor. „Der Herr gibt’s und der Herr nimmt´s.“
Erika trat mit ihm an die Tür und sie betätigten die Klingel. Es dauerte fast zwei Minuten, dann stand plötzlich eine vielleicht 20-jährige Blondine in Strapsen und High Heels vor ihnen und blickte sie erstaunt an.
„Wollt´s Ihr jetzt a no mitmacha?“
Erika und Moor blickten sich kurz an, dann zückte Erika ihren Dienstausweis.
„Na, danke, I steh´ nicht auf Gruppensex!“
Die Frau rollte die Augen nach oben. „Jetzt kontrollieren die auch scho Privathäuser.“
Moor winkte ab. „Keine Sorge, wir wollen nur den Hausherren sprechen, wenn er gerade frei ist.“
Die Blondine trat zur Seite und ließ die beiden Beamten

eintreten.
„Frei ist der immer, nur hat er halt immer Lust.“
Erika wartete, bis die Blondine die Tür wieder verschlossen hatte.
„So genau wollen wir es gar nicht wissen.“
Sie folgten der Frau durch einen mit Teppich ausgelegten, langen Gang, bis sie vor der letzten Tür auf der rechten Seite stehen blieben.
Die Blondine öffnete die Tür einen Spalt und lugte hinein.
„Du Toni, die Polizei ist da!“
Sie hörten Geräusche und plötzlich eine männliche Stimme.
„I hab gemeint, Du bist scho volljährig!“
Die Blondine winkte ab. „Freilich, die wollen ja a nix von mir, sondern von Dir.“
Moor trat neben sie, öffnete die Tür und warf dann der Frau einen Blick zu.
„Ich wär´ Ihnen dankbar, wenn Sie inzwischen in einem anderen Zimmer warten würden. Es dauert nicht lange.“
Erika schob sich ebenfalls vorbei. „Lackier´ inzwischen deine Fingernägel!“
Sie schloss die Tür vor der verdutzten Blondine und blickte nun mit Moor auf Toni Holzmann, der sich gerade einen Bademantel überzog und auf der Bettkante seines Schlafzimmers sitzend, die beiden Beamten anblickte.
„Was ist denn?“
Moor ließ seinen Ausweis stecken und sagte nur: „Wir sind von der Polizei von Garmisch Partenkirchen und hätten einige Fragen an Sie wegen des Unfalls von Ludwig Angerer!“

Holzmann, ein Mittvierziger mit Glatze und hoher Statur, zuckte mit den Achseln.
„Na und, des war ein Unfall und I war während der Zeit, als es passiert ist, beim Anders Josef!“
Erika verschränkte die Arme. „Dem Bergführer?“
„Ja, wir planen…“
Sie winkte ab. „Wissen wir scho, a Bergtour an der Eigernordwand.“
„Ach, des wissen Sie a scho. Was wollen Sie dann no bei mir?“
Moor blieb ruhig stehen. „Sie waren der ehemalige Eigentümer der Softwarefirma?“
Holzmann stemmte die Hände in die Seiten. „Ja, die Firma lief nimmer so, wie ich dachte, da hat mir der Ludwig unter die Arme gegriffen, die Firma übernommen und mich ausbezahlt.“
Erika überflog die Einrichtung des Zimmers, die eher einer Folterkammer glich. Sie sah zwei Peitschen, Ledergürtel und ähnliche Dinge.
„Gab es kein böses Blut, weil er Sie nicht mehr in der Firma haben wollte?“
Holzmann lachte. „I war ja froh, den Mist nimmer machen zu müssen. I genieß meine Freizeit und die Anwesenheit der Damen.“
Erika blickte wieder auf Holzmann. „Na, des glaub I eana fast.“
„Was noch? I möchte gern mit der Dame dann weitermachen.“
Sie sagte ruhig: „Halten Sie sich no a bisserl z´ruck, wir san glei wieder weg.“
„Und?“

„Haben Sie Angerer noch gesehen, bevor er verunglückt ist?“
„Das letzte Mal war vor ungefähr einer Woche, wir haben uns beim Anders getroffen, um die Route durch den Eiger zu planen. Wir haben getrunken, es gab keine Streitereien, der Kerl war glücklich. Reicht des jetzt für Sie?“
Moor nickte. „Gut, wir werden Sie vielleicht noch einmal aufsuchen, wenn Sie besser aufgelegt sind.“
Er öffnete die Tür, wo die Blondine offensichtlich gehorcht hatte. Sie richtete sich erschrocken auf und blickte die beiden Beamten an, die jetzt wieder auf den Gang traten.
Erika warf der Blondine einen Blick zu. „Streng´ Dich an, damit er wieder guade Laune kriegt.“
Die Frau winkte ab. „Der kennt koane gute Laune.“
„Dann viel Spaß noch!“
Die Blondine trat in den Raum und öffnete den Verschluss ihres Büstenhalters. Moor blickte kurz zurück, dann wurde die Tür zugeworfen.
Sie traten wieder ins Freie und gingen zu ihrem Wagen, wo Erika ihrem Partner einen Blick zuwarf.
„Des nenn ich a Folterkammer, was der da drinnen angelegt hat.“
Moor sperrte die Beifahrertür auf. „Solange sich niemand beschwert, kann der Kerl machen, was er will. Einen normalen Eindruck hat der Mann auf mich nicht gemacht.“
Erika stieg ein und schloss die Tür. „Kein Wunder, dass die Firma vor die Hunde gegangen ist, bei so einem Chef.“

Moor nickte und schnallte sich an. „Die Leute waren wahrscheinlich froh, dass der Angerer sie übernommen hat. I kann mir nicht vorstellen, dass der Holzmann ein freundlicher Chef g´wesen ist.“
Erika schüttelte noch einmal den Kopf. „Soviel Geld könntest mir gar nicht geben, dass ich mich mit dem Kerl einlassen würde.“
Moor lächelte. „Deswegen werden auch nur die Damen vom Escortservice da drinnen zu finden sein.“
„Und jetzt?“
Moor zuckte mit den Achseln. „Wir fahren zurück ins Präsidium, tippen unseren Abschlußbericht und legen alles zu den Akten. Was mich angeht, hab ich genug von den Freunden von dem Angerer.“
„Ich auch.“
Sie fuhren los und machten sich wieder auf den Weg in Richtung Präsidium.

Fünfzehntes Kapitel

Die Dunkelheit war schnell hereingebrochen und die Straßenbeleuchtung lief auf vollen Touren, als der Land Rover in die Siedlung einbog, in der sich die Villa der Angerers befand.
Der Fahrer lenkte den Wagen bis etwa zwanzig Meter vor das Haus, dann parkte er am Rand und schaltete den Scheinwerfer aus, während der Motor weiterlief.
Der Mann hinter dem Steuer griff zu dem Nachtsichtgerät, das auf dem Beifahrersitz gelegen hatte und blickte auf den Eingang des Hauses.
Der Wagen des Polizisten stand noch immer vor dem Haus, also hatte er es nicht verlassen, seit der Mann gegen 15 Uhr seinen Posten aufgegeben hatte, um einige Dinge zu erledigen.
Jetzt war er wieder vor Ort und wartete auf eine Gelegenheit, zuzuschlagen.
Nach etwa fünf Minuten, die Uhr auf dem Armaturenbrett zeigte 19 Uhr 15, öffnete sich die Haustür und Gutschenleder trat hinaus. Er knöpfte seinen Mantel zu und drehte sich noch einmal zu Patrizia um.
„Es war ein schöner Nachmittag!"
Sie nickte und küsste ihn. „Komm´ morgen schnell zu mir, es geht mir nur gut, wenn Du da bist!"
„Sobald mich die Arbeit weglässt, bin I da!"
Er lächelte ihr zu, drehte sich um und ging zu seinem Wagen. Patrizia schloss die Tür und begab sich in ihr Wohnzimmer.
Als Gutschenleder den Wagen startete und langsam aus der Parklücke fuhr, blendete der Beobachter seinen

Scheinwerfer auf und wartete, bis Gutschenleder an ihm vorbei gefahren war.
Er drehte um und nahm die Verfolgung auf.
Gutschenleder saß zurückgelehnt in seinem Sitz und dachte an den angenehmen Nachmittag zurück. Er war sicher, dass es dieses Mal mit ihm und Patrizia gut gehen würde und das Geschwätz der Öffentlichkeit war ihm inzwischen egal. Sollten sie doch reden, sie beide würde das Beste aus der Situation machen.
Er fuhr in Richtung Autobahn, vor deren Beginn er dann zu seiner eigenen Wohnung abbiegen wollte. Nach einiger Zeit, der Verkehr war mehr als schwach für diese Zeit, fiel ihm der Land Rover auf, der etwa fünfzig Meter hinter ihm Stellung bezogen hatte.
Gutschenleder aktivierte seine Sinne, die ihm in den Jahren der Polizeiarbeit immer gesagt hatten, wenn etwas nicht stimmte.
Er warf einen Blick in den Rückspiegel und gab etwas mehr Gas. Der Land Rover beschleunigte ebenfalls und hielt den Abstand gleich.
Gutschenleder runzelte die Stirn. Er gab seinen Plan auf, nachhause zu fahren, sondern bog auf die Autobahn nach München ein.
Hier war der Verkehr noch geringer und Gutschenleder hielt sich auf der rechten Spur, während er etwa zwei Kilometer zurücklegte.
Der Land Rover hielt den Abstand ein und Gutschenleder war sich nun sicher, dass er verfolgt wurde.
Was konnte er tun?
Er hatte keine Dienstwaffe bei sich und im Wagen auch kein Funkgerät, mit dem er Kontakt mit der Dienststelle

aufnehmen konnte.
Das Handy befand sich in seiner Manteltasche, doch im Moment wusste er niemanden, den er anrufen konnte.
Er nahm sich vor, bis zur Ausfahrt Murnau weiter zu fahren, um dann umzukehren und bis zum Präsidium vorzudringen, wo er den Kerl, wenn er immer noch auf seinen Fersen war, fragen konnte.
Gutschenleder schaltete das Fernlicht ein, da er jetzt der einzige Fahrer auf einer langen Gerade war. Der Asphalt glänzte und sagte ihm, dass die Nässe auf der Straße langsam gefror.
Gutschenleder beschleunigte auf 130 Kilometer pro Stunde und der Verfolger gab ebenfalls Gas. Jetzt verkürzte er langsam den Abstand und kam immer näher.
Gutschenleder blickte in den Rückspiegel, um das Nummernschild zu lesen, doch war es vom Dreck so verschmutzt, dass er nichts erkennen konnte.
Er beschleunigte weiter und die Nadel war bei 150, als der Verfolger hinter ihm war. Ein Ruck ging durch den Wagen, als er Gutschenleders hintere Stoßstange testete.
Gutschenleder hielt das Steuerrad krampfhaft fest, um nicht die Kontrolle über den Wagen zu verlieren.
Er schaltete einen Gang höher und drückte das Gaspedal durch, doch machte das seinem Verfolger gar nichts aus.
Einen Moment später rammte er wieder den hinteren Teil des Wagens und Gutschenleder musste all seine Fahrkunst aufbringen, um nicht ins Schlingern zu geraten.
Er wechselte auf die linke Spur, um die Leitplanke an der Seite zu haben. Das Verkehrsschild kam in Sicht, das die Ausfahrt in zwei Kilometern anzeigte.

Gutschenleder fuhr inzwischen 180, doch sein Verfolger war noch immer an seinen Fersen.
Mit einem Aufheulen des Motors setzte der Land Rover vor, dann befanden sich beide Fahrzeuge gleichauf. Gutschenleder warf einen kurzen Blick nach rechts, konnte jedoch das Gesicht des Fahrers nicht erkennen. Dann riss der andere Mann das Steuer leicht herum und rammte den Wagen Gutschenleders.
Der hatte nicht mit der Wucht des Aufpralls gerechnet und kam in Schwierigkeiten.
Während der Land Rover sofort etwas verlangsamte und auf einen Schlag zwanzig Meter hinter ihm war, verlor Gutschenleder den Kampf gegen die Schwerkraft. Der Wagen kam ins Schlingern, knallte gegen die Leitplanke und kreuzte dann mit quietschenden Reifen die Fahrbahn. Auf der gegenüber liegenden Seite durchbrach er den Drahtzaun, der die Autobahn vom anschließenden Wald trennte und mit einem letzten Aufheulen des Motors knallte der Wagen in die ersten Baumreihen.
Das Scheppern und Knirschen von Metall auf Holz wurde laut, dann folgte noch ein lauter Knall und plötzlich war alles ruhig.
Der Land Rover hatte an der Stelle gehalten, an der Gutschenleder den Zaun durchbrochen hatte. Der Fahrer stieg aus und lief durch die abgeknickten, kleineren Bäume, die dem Wagen nicht standhalten hatten können, bis er etwa dreißig Meter von der Autobahn entfernt, gegen einen mächtigen Stamm geprallt war.
Der Mann blieb kurz einige Meter hinter dem Wagen stehen, dessen vorderes Drittel sich in den Stamm gebohrt hatte.

Der Wagen war nur noch eine einzige Masse aus Metall und Gummi. Die Airbags waren aufgegangen, doch hatte das auch nicht mehr viel genützt.
Der Mann blieb neben der aufgesprungenen Beifahrertür stehen und blickte hinein.
Gutschenleders Kopf ruhte auf den Überresten des Lenkrades, der Gurt war gerissen und ein Blutfleck breitete sich auf seinem weißen Hemd aus. Der Kopf war seltsam verdreht und das alleine sagte dem Mann, das Gutschenleder tot war.
Er wartete keinen Moment länger, sondern kehrte um und saß eine Minute später wieder in seinem Wagen. Er fuhr los, drehte an der nächsten Ausfahrt um und fuhr dann in aller Seelenruhe in Richtung Garmisch Partenkirchen zurück.

………………..

Eine halbe Stunde später hielt ein LKW-Fahrer an jener Stelle, da er dringend auf die Toilette musste und nicht bis zur nächsten Raststelle durchhalten würde. Er verrichtete sein Geschäft und erst dann fielen ihm die Bremsspuren auf und die Schneise, die der Wagen in den Wald geschlagen hatte.
Der Mann folgte den Spuren und stand wenig später an der Unfallstelle. Er lief zurück zu seinem Fahrzeug und rief über Funk die Polizei an.
Weitere zehn Minuten später trafen die ersten Streifenwagen aus Murnau ein und mit den Minuten und Stunden wurde klar, wer dort gestorben war.
Gegen Mitternacht erreichte die Nachricht das Präsidium

in Garmisch und verbreitete sich rasch unter den
Beamten der Nachtschicht.
Der Chef ihres Dezernates war bei einem tragischen
Unfall ums Leben gekommen, hieß es in den ersten
Meldungen.

Sechzehntes Kapitel

Dunkle Wolken hingen über Garmisch Partenkirchen, als Moor seinen Wagen auf dem Parkplatz vor dem Präsidium abstellte. Er wunderte sich sofort über die zahlreichen Einsatzfahrzeuge, die vor dem Eingang standen, außerdem befanden sich drei Wagen von Fernsehsendern hier, deren Insassen vor dem Eingang warteten, um neue Informationen zu bekommen.
Moor runzelte die Stirn und kam zu dem Schluss, dass in der Nacht wohl irgendetwas Größeres passiert sein musste. Allerdings hatte er im Radio nichts davon gehört, also musste er sich wohl bei Sybille die Informationen holen.
Er drängte sich durch die Reihe der etwa zehn Reporter, die ihn gar nicht beachteten und damit beschäftigt waren, ihre Aufnahmegeräte zu prüfen.
Moor trat in die Eingangshalle und sofort fiel ihm die gespenstische Stille auf, die hier herrschte. Auf den Gängen standen die Beamten in Zweier- und Dreiergruppen und unterhielten sich leise. Moor grüßte einige von ihnen und ging dann in den ersten Stock hinauf.
Auch hier dasselbe Bild, Stille und tuschelnde Beamte. Moor ging bis zum Ende des Ganges, wo die Tür zum Vorzimmer von Gutschenleders Büro offen stand. Sybille telefonierte gerade und hatte Tränen in den Augen, als Moor in der Tür stehen blieb.
Er blickte sie an und sie schüttelte nur den Kopf. Moor zuckte mit den Achseln und drehte sich um, wo jetzt Erika und Edeltraud den Gang entlang auf ihn zukamen.

„Was ist denn passiert?“
Erika hatte ein ernstes Gesicht, als sie sagte:
„Gutschenleder hatte einen Autounfall letzten Abend.“
Edeltraud nickte. „Er ist tot!“
Moor trat einen Schritt zurück. „Was? Aber, wie ist des passiert?“
Erika deutete auf Sybille. „Sie wird uns sicher was sagen können. Mehr weiß I auch nicht, I hab nur des im Radio gehört, was sie gerade gesagt haben.“
Sybille legte den Hörer auf und wandte ihre Aufmerksamkeit jetzt auf die drei Beamten, die in ihr Zimmer traten.
„Des is´ ein Morgen, den möcht´ ich nie wieder erleben.“
Moor blieb vor ihrem Schreibtisch stehen. „Was ist passiert, der Gutschi ist tot?“
Sybille nickte. „Er ist anscheinend gestern Abend auf die Autobahn gefahren in Richtung München!“
„Warum denn?“
„Keine Ahnung, kurz vor Murnau hat er anscheinend die Kontrolle über sein Fahrzeug verloren. Er ist gegen die Leitplanke geknallt und dann in vollem Tempo in den Wald hinein. Keine Chance, so etwas zu überleben. Sie haben ihn gerade in die Rechtsmedizin in Murnau gebracht.“
Erika überlegte einen Moment. „Gab es Spuren von Fremdeinwirkung?“
Sybille schüttelte den Kopf. „Die Kollegen haben nichts festgestellt, vielleicht war er abgelenkt. Keine Ahnung, wir bekommen den Bericht sicher in den nächsten Stunden zugesellt.“

Edeltraud nahm Moors Hand in die ihrige. „Den möcht´ ich auf alle Fälle lesen. Ein Unfall, des passt so gar nicht zu dem Gutschi."
Sybille lehnte sich zurück. „Es ist aber passiert. Wir müssen jetzt da durch. I hab´ scho mit München telefoniert, die schicken uns so schnell wie möglich an Ersatz für den Chef. Der wird dann mit der Aufklärung des Falles an uns herantreten, wie ich denke. Bis dahin übernehmt ihr beide die Verantwortung."
Sie blickte auf Moor und Erika. Moor ließ die Schultern sinken.
„Na super, des hab´ I jetzt gerade noch gebraucht. Dann komm´ ich heute gar nicht hier raus. I würde mir viel lieber die Unfallstelle anschauen."
Erika drehte sich zu ihm. „Da sind sicher scho alle Spuren verwischt."
Sybille nickte. „Wie ich mitbekommen habe, waren etwa dreißig Beamte vor Ort, die haben alles fotografiert und schicken uns die Bilder nachher mit dem Unfallbericht."
Moor trat zu ihr. „Den will ich so schnell wie möglich auf den Tisch haben."
Er blickte durch die geöffnete Tür in Gutschenleders Büro, dann drehte er sich um.
„Ich arbeite von meinem Büro aus, des vom Gutschi rührt keiner an."
Sybille nickte. „Gut!"
Die drei Beamten verließen den Raum und gingen gemeinsam ins Büro von Moor und Erika. Sie setzten sich auf die Stühle und blickten sich eine Zeit lang schweigend an.
Dann brach Edeltraud die Stille. „Zuerst der Angerer

und jetzt der Gutschenleder."
Erika nickte. „Zwei Unfälle in einer Woche!"
Moor lehnte sich zurück. „Komischer Zufall!"
Edeltraud blickte ihn an. „An Unfälle glaub´ I nicht, ehrlich gesagt."
„Ich auch nicht!"
Erika beugte sich vor. „Aber wie wollen wir des beweisen? Bis jetzt gibt es keinen Zusammenhang zwischen Angerer und Gutschenleder. Außerdem hat er selbst ja gesagt, dass der Angerer an Unfall g´habt hat."
Moor schüttelte den Kopf. „Des is´ mir wurscht. Wir warten bis spätestens morgen, wenn der neue Chef hier ist. Sollte der nicht weiter ermitteln, dann nehmen wir die Sach´ in unsere eigenen Hände."
Edeltraud nickte. „Des sind wir dem Gutschenleder schuldig. Wenn des ein Unfall war, dann gib´ I meinen Job auf."
Erika blickte die beiden an. „Euch is´ scho klar, dass wir damit wohl alleine dastehen?"
Moor wandte sich zu ihr. „Erika, Du musst da nicht mitmachen, wir übernehmen die Verantwortung schon alleine."
Sie verzog das Gesicht. „He, wir sind Partner, scho vergessen?"
Moor lächelte schwach und wandte sich dann an Edeltraud.
„Schau Dir den Unfallbericht genau an, wenn es nur einen kleinen Zweifel gibt, dann sag es mir sofort."
Sie erhob sich. „Ich melde mich, sobald ich etwas finde."
Sie verließ das Büro und begab sich in ihre eigene Abteilung. Moor und Erika wandten sich den Berichten

der Nachtschicht zu, die sie abarbeiteten, ehe die Berichte vom Unfall Gutschenleders eintrafen.
Den Rest des Tages blickten sie die Akten und Berichte durch, konnten jedoch nichts finden, was auf Fremdeinwirkung hinwies, so dass sie gegen Abend ohne ein Ergebnis die Arbeit abbrechen mussten.
Sybille hatte inzwischen erfahren, dass der neue Chef am Morgen des nächsten Tages eintreffen würde, so dass Moor wohl oder übel ihm die nächsten Entscheidungen überlassen musste.
Die drei Beamten nahmen ein gemeinsames Abendessen ein, dann trennten sie sich und fuhren nachhause.

Siebzehntes Kapitel

Am Vormittag des nächsten Tages fand auf einem kleinen Friedhof bei Eschenlohe das Begräbnis statt. 80% der Beamten von Garmisch Partenkirchen waren anwesend, um ihrem Chef die letzte Ehre zu erweisen. Moor hielt als Stellvertreter eine kurze Rede, die er in der Nacht zuvor mit Edeltraud gemeinsam geschrieben hatte. Nach einem Lied, gespielt von der Polizeikapelle, löste sich die Gesellschaft auf und die meisten fuhren wieder in Richtung Präsidium.
Moor und Erika gingen mit Edeltraud in ihr Büro im ersten Stock, wo die letzten Berichte vom Unfallort eingetroffen waren, aber auch kein anderes Urteil zuließen, als es gefällt worden war.
Moor hängte seinen Mantel über den Kleiderhaken neben der Tür und drehte sich dann zu den beiden Frauen um.
„Ihr könnt sagen, was Ihr wollt, ich bin der Meinung, dass das kein Unfall war."
Erika nickte. „I auch nicht, aber da es keine Zeugen gibt, können wir schlecht jemanden etwas nachweisen. Was sollen wir denn deiner Meinung nach noch machen?"
Moor zuckte mit den Achseln. „Ich weiß es auch nicht."
Edeltraud blickte auf ihre Armbanduhr. „Wo bleibt bloß der Nachfolger vom Gutschenleder?"
„Der wird es nicht eilig haben, denke ich."
Wie, um das Gegenteil zu beweisen, wurden auf dem Gang Schritte laut. Moor und Erika gingen zur Tür und blickten hinaus.
Erika warf einen Blick hinaus und ließ dann die

Schultern sinken.
„Na bravo!“
Edeltraud kam zu ihnen und blickte den Gang entlang, wo eine Frau inmitten von etwa zehn Männern auf sie zukam.
„Kennst Du die?“
Erika nickte. „Angelika Segener, die ist bekannt in München.“
Die Frau, die schließlich vor ihnen stehen blieb, war etwa Mitte 50, 1, 65 m groß und hatte ein jugendlich wirkendes Gesicht. Ihre blauen Augen musterten die drei Beamten und in ihrem schwarzen Hosenanzug wirkte sie größer, als sie war.
„Kommissar Moor?“
Moor nickte. „Der bin ich!“
Sie reichte ihm die Hand. „Angelika Segener, ihre neue Chefin!“
„Angenehm.“
Sie hatte einen festen Händedruck. Sie blickte zu Erika und lächelte schwach.
„Wen haben wir denn da? Die Merkner is´ auch hier!“
Erika blieb ruhig. „Sie haben ja dafür gesorgt, dass ich in die Provinz versetzt wurde.“
„Böse?“
„Ach wo, I bin um an ruhigen Job froh.“
Angelika blickte zu Edeltraud. „Und Sie?“
„Edeltraud Hofmann!“
„Ah, Spurensicherung!“
„Richtig!“
„Mit Ihnen red´ I später, zuerst werde ich meine Leute hier in die einzelnen Abteilungen verteilen, damit ich

mir ein Bild von der Lage und den Zuständen hier machen kann."
Sie gab den Männern einen Wink und die Beamten verteilten sich sofort auf die einzelnen Büros. Angelika winkte Moor zu.
„Sie kommen mit mir ins Büro vom Gutschenleder, da können wir ungestört reden!"
„Gerne!"
Er warf Erika einen fragenden Blick zu und folgte dann Angelika in Richtung des Büros von Gutschenleder, wo sie von Sybille begrüßt wurden, ehe Angelika ihn hinein winkte und die Tür hinter ihnen schloss.
Erika blickte ihnen nach und wandte sich dann an Edeltraud.
„Des kann ja heiter werden."
„Ist die so schlimm?"
„Des nicht, aber sie hält sich streng an die Vorschriften."
„Da is´ sie beim Roger aber an der falschen Adresse."
„Wir werden es noch herausfinden. Komm´ I spendier Dir einen Kaffee."

....

Angelika nahm auf Gutschenleders Stuhl Platz und öffnete die Knöpfe ihres Jacketts. Sie blickte sich um und richtete dann das Wort an Moor.
„Ich bin informiert über den Bericht, alles spricht für einen Unfall! Haben sie den Fall schon zu den Akten gelegt?"
Moor nickte. „Offiziell schon!"
„Wieso?"

„Wie Sie vielleicht wissen, gab es letzte Woche schon einen „Unfall", dem des Ludwig Angerer!"
Angelika blickte ihn fragend an. „Na und?"
Moor blieb ruhig stehen. „Nun, zwei Unfälle in einer Woche ist etwas sehr zufällig, wenn Sie mich fragen. Ich möchte gerne im Fall Gutschenleder weiter ermitteln."
Angelika lehnte sich zurück. „Alle sagen, es war ein Unfall, wieso sind Sie so sicher, dass das nicht der Fall ist?"
„Meine Berufserfahrung und mein sechster Sinn!"
„Tut mir leid, aber für solche Dinge habe ich kein Verständnis. Sie werden mich sicher für feindselig halten, wenn ich Ihnen sage, den Fall nicht mehr zu untersuchen, doch ich folge nur meinen Vorschriften. Wenn es keine handfesten Beweise für etwas anderes als einen Unfall gibt, dann richten wir die Aufmerksamkeit wieder auf die offenen Fälle."
Moor ließ die Schultern sinken. „Ich verstehe."
Angelika erhob sich und ging um den Tisch, bis sie vor Moor stehen blieb.
„Verstehen Sie mich nicht falsch, ich bin sicher, Gutschenleder war hier sehr beliebt und sein plötzlicher Tod ist eine böse Überraschung, doch manchmal sind die Dinge einfach das, nach was sie scheinen."
Moor nickte. „Schon in Ordnung!"
„Belassen wir es einfach dabei, dass es ein tragischer Unfall war. Sollte sich doch etwas anderes ergeben, dann können Sie sicher gehen, dass ich der Sache mit meinen Männern nachgehen werde."
Moor blickte auf. „Ihren Männern?"
Sie wurde ernst. „Ja, eine meiner Aufgaben hier, ist die

komplette Überprüfung, ob die Dinge hier die geregelten Wege gehen. Wir überprüfen jeden Fall der letzten Wochen und ziehen unsere Schlüsse, ob man etwas verbessern kann. Daher ist es meine Aufgabe, zuerst die aktiven, höheren Dienstgrade erst einmal aus der Schusslinie zu nehmen, bis wir sicher sind, dass alles in Ordnung ist."
„Ich verstehe jetzt nicht ganz."
Angelika setzte sich wieder auf ihren Platz. „Alle Kommissare sind zuerst einmal beurlaubt für eine Woche!"
Moor runzelte die Stirn. „Verzeihung, aber wir haben genügend offene Fälle, wenn Sie erst ihre Leute da einarbeiten wollen, dann wirft das die Ermittlungsarbeiten um einige Tage zurück."
„Ich weiß, aber so wollen es die hohen Tiere in München. Glauben Sie mir, ich mag das genauso wenig, wie Sie. Aber ich muss den Vorschriften folgen, sonst sind wir auch nicht besser, als die Kerle auf der anderen Seite des Gesetzes."
Moor schüttelte den Kopf. „Gut, ich bin zwar anderer Meinung, aber wenn Sie es so wollen, dann werden wir unsere Dateien ihren Männern zugänglich machen, damit es schnell geht."
„Ich danke Ihnen. Glauben Sie mir, ich möchte so schnell wie möglich wieder eine funktionierende Einheit haben. Wenn die Überprüfung vorbei ist, sind Sie natürlich wieder mit ihren Kollegen im Dienst. Wie gesagt, das schmeckt mir auch nicht, doch es muss eben sein."
Moor nickte wieder. „Können wir wegfahren, oder sollen wir uns zur Verfügung halten?"

„Das liegt in ihrem Ermessen.“
Moor richtete sich auf. „Ist das alles?“
„Ja, Sie können dann in ihr Büro gehen, die Männer sind sicher schon bei der Arbeit. Unterstützen Sie sie bitte so gut es geht.“
„Natürlich!“
Er drehte sich um. Angelika erhob sich wieder.
„Kommissar Moor!“
„Ja?“
Sie blickte ihn an. „Glauben Sie mir, es tut mir Leid wegen Gutschenleder, ich habe ihn ebenfalls gekannt.“
Moor erwiderte nichts mehr, sondern verließ das Büro und schloss die Tür hinter sich. Er warf Sybille einen Blick zu und schüttelte den Kopf.
„Die zieht uns den Stecker!“
Er ging hinaus und wandte sich in Richtung seines Büros.

Achtzehntes Kapitel

Moor betrat sein Büro und sah schon zwei Beamte, die sich von Erika die Zugangscodes für die Computer geben ließen. Er schüttelte wieder den Kopf und ging dann hinaus zur Kaffeemaschine, um sich einen Becher zu holen.
Es dauerte keine Minute, dann stand Erika neben ihm und fragte: „Krempelt die Angelika den Laden um?"
„So kann man sagen, die nimmt uns aus der Schusslinie, wie sie es ausgedrückt hat. Ich sag´, sie will uns ins zweite Glied zurückversetzen, um ihre eigenen Leut´ den Ruhe ernten zu lassen, falls es noch unaufgeklärte Fälle gibt."
Erika zuckte mit den Achseln. „Die hat scho in München versucht, schnell aufzusteigen, aber soweit ich weiß, hat sie immer korrekt gehandelt. Also ich würd´ sagen, sie ist trotz allem eine hervorragende Beamtin."
Moor nahm einen Schluck des dampfenden Kaffee, dann wandte er sich an seine Partnerin.
„Und was war des mit deiner Versetzung?"
„Sie war in der Personalabteilung, als ich versetzt werden sollte und hat dafür gesorgt, dass ich hierher komme."
„Hat sie was gegen dich?"
Erika schüttelte den Kopf. „Nein, wir haben eigentlich nie etwas miteinander zu tun g´habt. Alles, was ich von ihr weiß, hab´ ich von den Kollegen gehört."
Moor ging mit Erika langsam den Gang hinunter. „Auf jeden Fall ist sie uns in die Parade gefahren. Die Fälle werden alle jetzt von ihren eigenen Leuten überprüft und wir können nur noch dabei zusehen."

Erika blickte geradeaus. „Ja, mir ham´s auch scho g´sagt, dass ich Urlaub machen kann."
„Und, machst du Urlaub?"
Sie nickte. „Sicher, I muss ja noch meine Wohnung fertig einrichten, da kommt ein bisserl Freizeit ganz gelegen."
Sie erreichten das Treppenhaus und blieben stehen. Moor leerte seinen Becher und wandte sich dann an Erika.
„I werd´ mal mit der Edeltraud reden, was wir machen, aber hier bleiben, werd´ ich auf keinen Fall. Am Ende sagen die uns noch, wann wir unsere Arbeit machen dürfen und wann nicht."
Erika nickte verständnisvoll. „Ja, ich glaube, wir können erst nächste Woche hier wieder auftauchen, wenn sich die Dinge etwas beruhigt haben und die Angelika den Laden im Griff hat."
Moor verabschiedete sich von Erika und ging die Treppe hinunter in den Keller, wo sich die Abteilung für Spurensicherung befand.
Auch hier waren zwei Beamte in dunklen Anzügen am Werk und sicherten Daten und Akten, während die fünf Mitarbeiter mit fragenden Blicken daneben standen.
Edeltraud lehnte gegen einen Tisch und hatte die Arme verschränkt, als Moor auf sie zukam und bei ihr stehen blieb.
„Alles in Ordnung?"
Sie lächelte. „Die wollen uns anscheinend sagen, wie wir unseren Job besser machen. I bin kurz davor, die Kerle raus zu schmeißen."
Moor blieb ruhig. „Die Segener hat gesagt, ihre Männer übernehmen für einige Tage unsere Arbeit. Die wollen uns genau überprüfen, ob wir auch alles richtig gemacht

haben."
Edeltraud senkte den Blick. „Die sehen aber nicht gerade wie die hellsten Köpfe aus. Bei unserem Glück bringen die noch mehr Chaos in unsere Ordnung."
Moor nahm ihre linke Hand und streichelte sie.
„Die Angelika hat gesagt, wir können Urlaub machen, des gilt auch für Dich und deine Abteilung. Wollen wir a bisserl in die Berge fahren?"
Edeltraud nickte. „Des hört sich gut an. Dieses Kasperltheater schau´ ich mir auf keinen Fall weiter an."
Moor war zufrieden und löste sich von ihr. „Mir reden abends weiter, ich gehe wieder hinauf und sorge dafür, dass die Kollegen alle nötigen Daten bekommen, dann verschwind´ ich von hier."
Edeltraud lächelte. „Guade Idee, wir treffen uns dann später bei dir."
„Gut."
Moor nickte den anderen Mitarbeitern der Abteilung zu und begab sich dann wieder hinauf in sein Büro. Erika war schon gegangen, sie hatte ihren Schreibtisch so hinterlassen, wie sie ihn am Morgen vorgefunden hatte, die Kollegen waren gerade dabei, die Akten zu sichten. Moor gab seine eigenen Zugriffscodes an einen der Männer weiter und erklärte ihm dann die Dateien seiner Abteilung.
Als er gegen 15 Uhr fertig war, zog er sich seine Winterjacke an und ging auf den Flur hinaus. Am Ende des Ganges stand Angelika Segener mit einem ihrer Beamten und redete leise mit ihm.
Sie warf Moor einen Blick zu und winkte kurz, dann hatte sich Moor umgedreht und ging langsam die Treppe

hinunter. Vor dem Eingang parkten bereits drei Fahrzeuge mit Münchener Kennzeichen, aus denen zehn weitere Beamte in dunklen Anzügen ausstiegen und ins Gebäude traten.
Moor schüttelte noch einmal den Kopf und fuhr dann in Richtung seiner Wohnung davon.

Neunzehntes Kapitel

Gegen 19 Uhr kam Moor endlich bei seiner Wohnung an. Er war noch einkaufen gewesen und hatte sich eine Tiefkühlpizza mitgenommen, da er keine Lust verspürte, nach diesem Tag noch zu kochen.
Er sperrte seine Wohnung auf und trat ein, als hinter ihm Schritte laut wurden.
Edeltraud kam langsam die Treppen hoch und lächelte ihn an.
„Haben wir es endlich mal geschafft, gleichzeitig daheim zu sein."
Moor hielt ihr die Tür auf. „Es schaut so aus."
Sie trat ein und legte ihre Jacke ab, dann atmete sie durch und zog sich die Schuhe aus.
„Des war ein Tag, die wollten wirklich alles wissen, außer meiner Telefonnummer."
Moor ging an ihr vorbei in die Küche und schob die Pizza in den Ofen.
„Es lebe die Bürokratie!"
Edeltraud kam zu ihm und winkte ab. „Des is´ noch milde ausgedrückt. I bin froh, dass ich nicht in München arbeiten muss. Wenn da alle so sind, wie die Typen von der Angelika, dann guade Nacht."
„So schlimm wird es wohl nicht sein."
Edeltraud blickte in den Backofen und nickte. „Die Hälfte gehört mir!"
Moor lächelte. „So war es gedacht."
Er küsste sie auf die Stirn und deckte den Tisch, während sie unter die Dusche stieg und das Wasser voll aufdrehte. Als sie zehn Minuten später im Bademantel wieder in die

Küche kam, hatte Moor schon Platz genommen und die fertige Pizza geteilt.
Er stellte einen Teller vor Edeltraud, die sich hinsetzte und sofort begann, ihre Hälfte zu verspeisen.
Sie aßen schweigend, während sie nur ab und zu an ihren Gläsern nippten, in die Moor einen exzellenten Rotwein geschenkt hatte.
Nachdem er den Abwasch erledigt hatte, gingen sie ins Wohnzimmer und setzten sich auf die Couch. Edeltraud blickte auf die Fernsehzeitung und schüttelte dann den Kopf.
„Eigentlich habe ich gar koa Lust zum Glotzen!"
Moor legte einen Arm um sie. „Ich auch nicht. Die Ereignisse der letzten Tage gehen mir immer no durch den Kopf!"
„Mir auch!"
Moor lehnte sich zurück, öffnete die Knöpfe seines Jacketts und zog es schließlich aus. Edeltraud nestelte an seinen Hemdknöpfen herum und fuhr mit ihrer linken Hand über seine Brust.
„Es is´ glaub ich besser, wir denken nimmer an die Arbeit und machen uns an schönen Urlaub!"
Moor nickte. „Sicher, doch wenn bei unserer Rückkehr noch immer nix unternommen worden ist, im Fall vom Gutschi, dann nehm´ ich die Sache in die eigene Hand."
Edeltraud kraulte seine Brust und lächelte. „So kenn´ I dich."
Moor blickte sie an und küsste sie wieder. „Ich könnte mal den Alois anrufen, ob die Hütte am Markbachjoch frei ist, da könnten wir uns a paar schöne Tage machen."
„Des hört sich gut an. Da wären wir unter uns."

Moor löste sich von ihr und griff zum Handy. Er wählte eine Nummer und erreichte seinen Gesprächspartner sofort. Sie redeten etwa fünf Minuten miteinander, dann bedankte er sich und legte wieder auf.
Moor blickte Edeltraud an und nickte. „Die Hütte ist zwar im Moment besetzt, aber am Nebenberg ist eine frei. Die ist kleiner, aber voll eingerichtet und sofort beziehbar.“
Edeltraud lehnte sich zurück. „Super, dann mach´ ma uns ein paar nette Tage.“
Er lehnte sich an sie und senkte den Kopf. „Hoffentlich kommen wir da auf andere Gedanken.“
Sie fuhr durch seine vollen Haare. „Des schaffen wir scho. Wäre doch gelacht, wenn mir koa guade Stimmung herbringen.“
Sie hielten sich in den Armen und saßen schweigend da, während sich die Stille über die Gegend senkte.

....

Vor der Siedlung, in der Moor wohnte, hatte zehn Minuten vorher ein Land Rover Stellung bezogen. Der Fahrer hatte sich die Adresse von Moor aus dem Internet runter geladen und sich dann hierher begeben.
Er musterte die Reihen der beleuchteten Fenster und fand dann das richtige.
Er wartete, bis gegen 22 Uhr die Lichter erloschen, dann startete er den Motor und lenkte den Wagen wieder in Richtung Innenstadt.
Er hatte sein Ziel erreicht und den Aufenthaltsort des Mannes heraus gefunden, jetzt musste er nur noch

sicher gehen, wie viel der Mann wusste, oder zu wissen glaubte.
Der Mann lehnte sich zurück und fuhr in normalem Tempo davon.
Die Wohnung würde er sich ansehen, wenn die beiden Beamten unterwegs waren, davon war er überzeugt.
Dann konnte er seine nächsten Schritte planen, doch insgeheim war er schon bereit, zwei weitere Menschen umzubringen.

Zwanzigstes Kapitel

Am nächsten Morgen packten Moor und Edeltraud zwei Koffer und verließen gegen 9 Uhr die Wohnung. Moor verstaute die Koffer hinten im Wagen und kurze Zeit später fuhren sie los.
Zwei Minuten, nachdem sie um die nächste Ecke verschwunden waren, bog der Land Rover in die Straße ein, hielt vor dem Haus und der Mann stieg mit einer kleinen Tasche in der Hand aus.
Er blickte sich um, doch zu dieser Zeit befand sich niemand auf der Straße. Er näherte sich dem Haus und gelangte durch die nur angelehnte Haustür ins Erdgeschoß.
Er fand schnell Moors Wohnung und hielt einen Moment inne. Nachdem er nichts wahrgenommen hatte, holte er einen kleinen Gegenstand aus der Tasche und machte sich am Schloss zu schaffen.
Er brauchte keine zehn Sekunden, dann schnappte die Tür nach innen auf. Der Mann lächelte zufrieden und trat ein.
Er schloss die Tür hinter sich und blickte sich erst einmal in der Wohnung um. Er fand schnell Moors Arbeitszimmer und den auf dem Tisch sehenden Laptop.
Der Mann aktivierte ihn und wartete einige Minuten, dann steckte er ein kleines Modul seitlich in einen der Schlitze und tippte einige Daten ein.
Wieder eine Minute später hatte er den Firewall geknackt und Moors Dateien leuchteten vor ihm auf.
Der Mann verbrachte eine halbe Stunde damit, alle nötigen Programme durchzuforsten, dann konnte er

sicher sein, dass keine der Spuren, die von der Polizei verfolgt wurden, zu ihm deuteten.
Der Mann kopierte die gesamte Datei und steckte dann das Modul zufrieden in seine Jackentasche. Er schaltete den Laptop wieder aus und brachte alles wieder in die Position, in der er alles vorgefunden hatte.
Er blickte noch einmal in die anderen Räume, dann verließ er die Wohnung und manipulierte das Schloss wieder.
Wenig später hatte er das Haus verlassen und stieg wieder in seinen Wagen. Er verstaute die Tasche auf dem Beifahrersitz und griff dann in die Armaturenleiste.
Er holte ein kleines Navigationsgerät heraus, das er sich selbst zusammengebaut hatte und aktivierte es. Ein Piepton ertönte, dann erschien eine Landkarte von Garmisch und Umgebung und ein Lichtpunkt wurde sichtbar. Dieser Punkt bewegte sich vom Zentrum weg in Richtung Süden.
Der Mann lächelte. Der Peilsender, den er an Moors Wagen angebracht hatte, funktionierte einwandfrei. Die Reichweite betrug etwa 20 Kilometer, so dass er es sich leisten konnte, etwas zu warten, um ungesehen sein Ziel zu verfolgen.
Der Mann stellte das Gerät auf das Armaturenbrett und setzte sein Fahrzeug in Bewegung.
Die Fahrt ging schnell vonstatten, da der Verkehr in Richtung Süden alles andere als dicht war.
Er überquerte die Grenze nach Österreich und hatte wenig später sein Ziel etwa fünf Kilometer vor sich. Der Wagen fuhr nicht besonders schnell, so dass er Moor mit der Zeit immer näher kam.

Die Fahrt dauerte etwa eineinhalb Stunden und führte über Kufstein in Richtung Innsbruck.
Eine Viertelstunde hinter Kufstein bog der Wagen Moors nach Osten ab in Richtung Kitzbühel.
Die Fahrt ging noch eine Weile, dann hielt der Lichtpunkt an und der Verfolger näherte sich bis auf einen Kilometer.
Er sah die Gondel, die den Berg hinaufführte und wusste in ungefähr, wo seine beiden Zielpersonen hin wollten.
Er parkte den Wagen, öffnete den Kofferraum und holte eine große Sporttasche heraus, die er sich über die Schulter warf.
Er blieb etwa fünfzig Meter vor der Talstation stehen und sah, wie Moor und Edeltraud ihre Sachen nahmen und in Richtung der Seilbahn gingen.
Wo sie hinwollten, konnte der Mann leicht herausfinden.
Er hatte genügend Geld dabei, um einen der Mitarbeiter der Bahn auszufragen.
Der Mann lächelte zufrieden und wartete, bis die Gondel mit Edeltraud und Moor auf dem Weg nach oben war, dann ging er zur Talstation und hatte schnell einen Mann gefunden, der für Geld die nötige Information preisgab.

Einundzwanzigstes Kapitel

Es mochte gegen 14 Uhr sein, als Moor aus der Tür der Hütte trat und sich endlich vor dem Gebäude auf die Holzbank setzen konnte. Er lehnte sich gegen das dunkelbraune Holz und atmete die reine Luft.
Die Hütte lag auf etwa 1500 Metern Höhe eines Berges, dessen Gipfel noch circa 500 Meter höher lag. Von der Bergstation aus hatten sich Moor und Edeltraud ein Schneemobil gemietet, von einem Freund des Mannes, der ihnen die Hütte ausgesucht hatte. Sie hatten ihr Gepäck festgezurrt und waren dann gemütlich über die mit Schnee bedeckten Hänge und Feldwege zu ihrem Ziel gefahren.
Die Hütte stand gegen eine Felswand, die sich bis zum Gipfel hinaufzog und deren Oberfläche mit Eis und Schnee bedeckt war. Unterhalb des Gipfels befand sich ein Schneebrett, dessen Massen drohend auf Moor wirkten, doch war eine Lawine hier mehr als unwahrscheinlich.
Er genoss einfach nur die Stille und die Anwesenheit der einzigen Person, mit der er die Zeit hier verbringen wollte.
Edeltraud kam mit zwei dampfenden Tassen Tee heraus und stellte sie zwischen sich und Moor auf die Bank, dann setzte sie sich ebenfalls und schloss für einen Moment die Augen.
„Himmlisch! Hier könnt´ ich es ewig aushalten."
Moor nickte. „Wenn I amoi im Lotto g´winn, dann kauf ich uns die Hütte."
Sie öffnete die Augen wieder und blickte ihn an.

„Da bleib´ I liaba arm und komm´ nur einmal im Jahr hierher. Jeden Tag das Gleiche wäre auf die Zeit gerechnet auch langweilig.“
„Auch wieder wahr. Genießen wir einfach die paar Tage, die wir hier alleine haben, bevor der Horror im Büro wieder losgeht.“
Edeltraud nahm einen Schluck Tee, dann blickte sie auf die Gipfel gegenüber.
„Bis dahin werden die wahrscheinlich unsere Abteilung ganz umgemodelt haben.“
„Ich hoff´ nicht, denn dann lass´ ich mich sofort woanders hin versetzen.“
Edeltraud legte einen Arm um Moor. „Keine Sorge, solange wir beieinander sind, kann es kommen, wie es will, wir stehen des scho´ durch.“
Moor lächelte. „Des glaub´ I auch.“
Sie schwiegen und genossen die warme Sonne, die in ihre Gesichter strahlte.
Nach einiger Zeit kamen doch mehrer Wolkenverbände und die Kühle legte sich über die Gegend. Moor erhob sich und ging kurz um die Ecke, wo er das Schneemobil geparkt hatte.
Er nahm einige Stücke Holz von dem Stapel, der sich gleich daneben befand und nahm sie mit ins Innere der Hütte, die fast schon luxuriös ausgestattet war.
In dem einzigen Raum befand sich alles, was man sich nur wünschen konnte, links vom Eingang lag die kleine Küche mit der Essecke und dem Kachelofen, der für wohlige Wärme sorgte.
In der Mitte des Raumes befand sich das Wohnzimmer mit steinernem Kamin, in dem das Feuer loderte, einem

Bärenfell, das davor auf dem Boden lag und einer Couch, die von einem malerischen Holztisch flankiert wurde. Rechts in der Ecke stand das Doppelbett aus Eichenholz und der massive Kleiderschrank, neben dem sich auch eine kleine Vorratskammer für die Lebensmittel befand, die vom Besitzer letzte Woche aufgefüllt worden war. Hinter der Hütte befand sich die Toilette, die auch durch eine Tür neben dem Kamin erreicht werden konnte und ein kleiner Verschlag, in dem sich zahlreiche Werkzeuge und einige Utensilien für Bergtouren befanden.
Die Fenster waren mit schweren Vorhängen verziert und die Fenster ließen die Kälte nicht mal ansatzweise herein. Moor legte die Holzscheite vor dem Kamin ab und warf einen davon ins Feuer.
Während die Flammen hoch loderten, kam auch Edeltraud herein und schloss die Tür hinter sich.
„Langsam wird´s kalt da draußen."
Moor drehte sich um. „Hier drinnen sicher nicht."

....

Gegen 18 Uhr nahmen sie das Abendessen ein, das aus einem Brotzeitteller bestand, schmackhaftem Brot und Weißbier.
Danach tranken beide noch einen Schnaps zum Verdauen und machten sich dann an den Abwasch.
Die Ruhe war himmlisch, so dass beide auch keine Sehnsucht nach Radio oder Fernsehen hatten. Auch ihre Handys hatten sie nicht mitgenommen, um gar nicht erst vom Büro gestört werden zu können.
Nach einiger Zeit saßen sie auf der Couch und Moor

legte seinen Arm um Edeltraud.
„Schön ruhig hier!"
Sie nickte. „Ich vermiss´ im Moment auch nix aus der Stadt."
„Den nächsten Urlaub im Sommer können wir auch hier verbringen, des wäre doch a guade Idee."
„Des kannst laut sagen."
Sie legte den Kopf an seine Schulter und streichelte über seinen Oberschenkel.
„Der Abend ist seit langem einer der schönsten, die wir erleben."
Moor nickte. „Der is´ noch nicht zu Ende."
Er drehte sich zu ihr und blickte ihr in die Augen. Er küsste sie leidenschaftlich auf den Mund und sie erwiderte den Kuss, während sie sich umarmten. Dann ließen sie sich auf das Bärenfell sinken und lagen sich eine Zeit lang schweigend in den Armen, während das Knistern der Flammen das einzige Geräusch bildete.
Moor löste sich von ihr und zog seinen Pullover aus, während Edeltraud ihr T-Shirt zur Seite warf. Moor fuhr mit der rechten Hand über ihren makellosen Körper und küsste sanft ihren Nabel, während seine andere Hand ihr Gesicht erforschte.
Dann fuhr seine Hand nach unten und zog ihr den Slip aus. Moor befreite sich von seinen Shorts und blickte ihr wieder in die Augen.
„Soweit alles in Ordnung?"
Sie lächelte. „Jetzt mach´ scho´."
Er brachte seinen Körper über sie und bewegte sich rhythmisch im Takt eines Mannes, der genau wusste, was seine Partnerin wollte.

Die Dunkelheit legte sich schnell über die Berggipfel und die Stille herrschte über dem Massiv, während im Inneren der Hütte die beiden Körper miteinander verschmolzen und die Welt um sich völlig vergaßen.

....

Etwa fünfhundert Meter entfernt befand sich zur selben Zeit der Verfolger der beiden Personen, die sich in der Hütte aufhielten.
Er hatte von der Bergstation aus die beiden mit seinem Fernglas beobachtet und schnell festgestellt, wo ihr Ziel lag.
Er kannte den Berg von einigen früheren Touren und fand sich auch in der Dunkelheit hier gut zurecht.
Als die beiden in der Hütte verschwunden waren, hatte er sich auf den Weg gemacht, wobei er lange im Schutz der hier zahlreich wachsenden Bäume bleiben konnte, so dass sein Annähern unbemerkt blieb.
Jetzt befand er sich in der letzten Baumreihe und beobachtete durch sein Nachtsichtgerät die Umgebung der Hütte.
Sein Auge fiel schließlich auf die Wand über der Hütte und das Schneebrett und ein zufriedenes Lächeln legte sich über sein Gesicht.
Ja, so konnte es passieren. Ein weiteres tragisches Unglück, bei dem einige Leute ihr Schicksal erlitten hatten.
Der Mann nahm seine Tasche und überprüfte deren Inhalt. Die Dinge, die er dazu brauchte, befanden sich im Inneren der Tasche, es waren einige Blendgranaten, doch

die reichten locker aus, um mit ihrem Donnern und der dadurch ausgelösten Druckwelle die Katastrophe auszulösen, die er wollte.
Der Mann bewegte sich in seitlicher Richtung davon, so dass er in einiger Sicherheit sein konnte, wenn es losging, doch wollte er zumindest bis zum Morgengrauen warten, um die Wirkung seines Werkes bei besten Bedingungen sehen zu können.
Er gewann schnell einige Höhenmeter, während sich im Inneren der Hütte die beiden Personen nicht einmal ansatzweise der Gefahr bewusst waren, in der sie sich befanden.

Zweiundzwanzigstes Kapitel

Gegen 6 Uhr morgens begannen die ersten Sonnenstrahlen die Berggipfel in ein glänzendes Licht zu tauchen. Der Himmel war wolkenlos und vom reinsten Blau, als Moor die Augen öffnete.
Er lag mit Edeltraud noch immer auf dem Bärenfell, allerdings hatten sie die Bettdecke herüber geholt, da in den Morgenstunden das Feuer ziemlich niedergebrannt war und eine leichte Kühle in die Hütte gekrochen war. Moor blickte auf Edeltraud, die fest schlief und löste sich langsam von ihr. Er stand auf und zog sich Shorts und einen frischen Pullover über, dann ging er zur Tür und öffnete sie. Ein kalter Luftzug kam ihm entgegen und er schloss die Tür wieder.
Er ging durch die hintere Tür nach draußen auf die Toilette, dann wusch er sich in der daneben liegenden Dusche und zog sich wieder an.
Als er sich gerade die festen Winterschuhe zuschnürte, öffnete Edeltraud die Augen und blickte ihn an.
„Scho wach?"
Moor nickte. „Es ist ein herrlicher Tag. Etwas frisch, aber wir sollten ihn nutzen. Vielleicht können wir ein Stück in Richtung Koflertal gehen, da soll die Aussicht prima sein."
Sie richtete sich auf und gähnte herzhaft. „Ja, des hört sich guad an. Mach´ ma an kleinen Bergspaziergang, aber erst brauch ich a Frühstück."
„Kommt sofort!"
Moor ging zur Vorratskammer und holte Brot und Wurst heraus.

Sie aßen gemütlich ihr Frühstück und räumten dann den Tisch wieder leer, ehe auch Edeltraud unter die Dusche ging und sich anschließend anzog.
Sie knöpfte gerade ihre Winterjacke zu, als Moor die Tür nach vorne wieder öffnete und nach draußen ging.
Die Luft war klar und rein, als er einige Meter nach vorne ging und auf die gegenüber liegenden Gipfel blickte, die hell im Licht der Sonne glänzten.
Er wartete einige Minuten, dann kam Edeltraud mit dem Rucksack heraus, in dem sie einige Wurstbrote und eine Flasche Wasser gepackt hatte.
„Des reicht für heute, würd´ I sagen."
Sie trat zu ihm und er legte einen Arm um sie. Sie blickten über die verschneiten Berge und schienen zufrieden mit sich und der Welt.

……………………

Etwa fünfhundert Meter Luftlinie entfernt, hinter einem gewaltigen Felsvorsprung, richtete sich der Mann auf und blickte hinüber.
Die beiden Personen standen weit genug vor der Hütte, so dass er sie gut sehen konnte.
Er griff neben sich zu den beiden Granaten und entsicherte sie. Er richtete die erste von ihnen in einem etwa 45 Grad Winkel in die Höhe und schoss sie ab.
Es gab nur ein leises Zischen, als sie sich löste und sofort ließ der Mann auch die zweite Granate los. Dann sprang er wieder zu Boden und wartete ab.
Moor hatte das Zischen der Granaten nicht einmal gehört, er sah erst die beiden dünnen Rauchspuren, die sich über

ihren Köpfen dem Gipfel näherten.
Er drehte sich um und blickte nach oben. Etwa zwanzig Meter über dem Gipfel knallte es zweimal und im nächsten Moment löste die Druckwelle das gewaltige Schneebrett los.
Was folgte war ein Donnern, das im gesamten Umkreis zu hören sein musste. Die Schneemassen lösten sich und eine gewaltige, weiße Wand kam sturzartig auf die Hütte zu.
Auf einem Felsvorsprung wurden die Massen leicht in die Höhe geschleudert, dann suchten sie sich ihren Weg nach unten.
„Zurück!“
Edeltraud fuhr herum, als Moor sie am Arm packte und in Richtung Hütte riss.
Sie liefen auf dem erzitternden Boden auf die noch geöffnete Tür zu, während sich die Schneemassen immer schneller näherten.
Mit einem Hechtsprung fuhr Moor ins Innere der Hütte, Edeltraud befand sich einen Moment später neben ihm.
Moor fuhr auf und knallte geistesgegenwärtig die Tür zu, in dem Moment, als er vor der Hütte die ersten Schneewellen über das Dach rutschen sah.
Das Donnern war hier in der Hütte noch gewaltiger und Furcht einflössend, doch Moor hoffte nur, dass das Dach dem Gewicht der Lawine standhielt.
Er kauerte wieder bei Edeltraud auf dem Boden und hielt sie schützend in seinen Armen, während das Dach ächzte und knarrte. Hinter ihnen stürzten Schneemassen durch den Kamin und löschten das Feuer, so dass sie im nächsten Moment in völliger Dunkelheit lagen.

„Ganz ruhig!“
Er wusste nicht einmal, ob Edeltraud ihn überhaupt verstanden hatte, doch dann kam ein Druck ihrer Hände und sie legte ihren Kopf an seinen Oberkörper.
Langsam wurde das Donnern leiser und die Lawine stürzte sich über eine Kante ins Tal weiter, während die Hütte unter ihren Massen völlig begraben worden war.
Dann war alles ruhig und die plötzliche Stille war ein Segen für die beiden Personen in der Hütte.

....

Der Mann richtete sich wieder auf und beobachtete, wie sich die Lawine ins Tal schlängelte, wo sie einige Baumreihen niederriss, aber ansonsten keinen Schaden anrichtete, weil hier keine Menschen lebten.
Der Mann blickte wieder auf die andere Seite und nickte zufrieden, als von der Hütte nichts mehr zu sehen war.
Mit Glück waren die beiden von den Schneemassen mitgerissen worden und wenn nicht, dann würde sie unter der tödlichen Last langsam ersticken.
Der Mann packte seine Sachen wieder in die Tasche und machte sich dann auf den Rückweg in Richtung Bergstation.
Nach einer Stunde hatte er sie erreicht und an den wenigen Menschen, die sich um diese Zeit schon hier befanden, vorbei geschlängelt, ehe er einen ihm bekannten Weg in Richtung Tal einschlug.
Die Bewohner der Bergstation hatten das Donnern gehört und sahen die Schneise, die von der Lawine gerissen worden war, doch im ersten Moment dachte keiner an

die Tatsache, dass sich unter der Schneedecke eine Hütte befand, in der zwei Menschen um ihr Leben kämpften.

Dreiundzwanzigstes Kapitel

Moor öffnete die Augen wieder und nahm nur völlige Dunkelheit wahr. Edeltraud zitterte am ganzen Körper unter ihm und brach schließlich die Stille.
„Is´ es überstanden?“
Moor richtete sich auf. „I glaub´ scho.“
Er versuchte sich den Raum vorzustellen und erinnerte sich, dass auf der Anrichte eine Taschenlampe liegen musste. Er löste sich von Edeltraud und ging tastend in die vorgegebene Richtung. Er knallte mit dem Knie gegen das massive Holz und stieß einen leisen Fluch aus, dann fasste seine linke Hand die Lampe und schaltete sie ein.
Es wirkte gespenstisch, doch Moor stellte zufrieden fest, dass alle Fenster dem Druck des Schnees standgehalten hatten. Er leuchtete in Edeltrauds fahles Gesicht und lächelte ihr zu.
„Wir leben noch!“
Sie erhob sich ebenfalls und ließ erst jetzt den Rucksack zu Boden fallen, den sie noch immer krampfhaft in den Händen gehalten hatte.
„Des muas I nimma erleben.“
Moor ging zum Schrank und holte eine Flasche Enzian heraus. Er öffnete sie und reichte sie zuerst an Edeltraud, die einen großen Schluck nahm, ehe Moor die brennende Flüssigkeit die Kehle hinab laufen ließ.
Dann blickte er Edeltraud an. „Glaubst Du, dass des ein Zufall war? Ausgerechnet an dem Tag, an dem mir in der Hüttn san, kummt die Lawine runter.“
Edeltraud schüttelte den Kopf. „Gar nix is´ hier no a

Zufall. Irgendjemand hat es auf uns abgesehen. Außerdem bin I jetzt davon überzeugt, dass der Angerer und der Gutschi umgebracht worden san."
Moor nickte. „Ich ebenfalls. Der Kerl glaubt wohl, er muss jeden, der an dem Fall arbeitet, aus dem Weg räumen."
Edeltraud kramte in ihrer Jackentasche und lachte dann kurz.
„Super, unsere Handys haben wir dahoam g´lassen. Jetzt steh´ ma schee da."
Moor ging zu ihr und küsste sie auf die Stirn. „Koane Angst, wir kommen da raus. Wichtig ist, dass wir Ruhe bewahren. Die Hütt´n is´ sicher komplett unter der Schneedecke begraben. I glaub´ nicht, dass die uns so schnell Hilfe schicken, wenn die überhaupt von der Lawine etwas mitgekriegt haben. Sauerstoff haben wir im Moment genug, die Hütte ist groß genug. Feuer dürfen wir koans macha, sonst frisst des den Sauerstoff auf."
Er ging zur Tür und überlegte einen Moment, dann öffnete er sie. Er stand vor einer Wand aus Schnee und konnte nur ahnen, wie dick diese Decke sein musste.
„Wie auch immer, da müssen wir raus. Bis zum Abhang sind es ungefähr zehn Meter, da is´ der Schnee ins Tal runter. Wenn ich richtig liege, dann ist die Decke hier am geringsten."
Edeltraud trat zu ihm. „Und wie kommen wir jetzt da raus? Nur mit den Händen graben, is´ glaub´ ich die falsche Variante."
Moor gab ihr die Taschenlampe und blickte sich um. Dann fiel sein Blick auf die Tür, die zur Toilette führte. „Vielleicht is´ der Schuppen noch erreichbar, da müssten

Spaten oder Schaufeln drin sein.“
Er ging nach hinten, während Edeltraud ihm leuchtete und öffnete diese Tür. Er atmete auf, denn sowohl die eineinhalb Meter zur Toilette, sowie dem daneben liegendem Schuppen, waren frei.
Er öffnete die Tür und fand zu seiner Erleichterung einen Spaten. Er nahm ihn und noch eine Schaufel heraus und ging mit Edeltraud wieder nach vorne.
„Ich mach´ mich gleich an die Arbeit.“
Edeltraud stellte einen Stuhl neben die Tür und legte die Taschenlampe darauf, dann drehte sie sich um.
„Ich mach uns erst einmal einen starken Kaffee, den brauch ich jetzt nötiger denn je.“
Sie ging wieder beruhigt zur Küche und fand dort eine zweite Taschenlampe, während Moor seine Jacke auszog und den Spaten zur Seite legte. Er nahm die Schaufel und stieß sie kraftvoll in die Schneewand.
Ein großer Brocken löste sich und fiel ins Innere der Hütte. Moor blickte sich um, doch hatte er keinen Platz, wo er den Schnee loswerden konnte.
Er machte weiter und nach etwa einer Stunde hatte er einen mannshohen Gang von etwa eineinhalb Metern Länge ausgehöhlt.
Er blickte an die Decke und schüttelte den Kopf. „Von den Massen möchte ich nicht begraben werden. Wir müssen des irgendwie abstützen.“
Edeltraud stand schon hinter ihm und deutete auf das Bett.
„Die Lattenroste sind aus Holz, die können wir hernehmen.“
Moor küsste sie auf die Wange. „Gutes Mädchen!“

Sie machten sich an die Arbeit und hatten in kurzer Zeit die zahlreichen Querhölzer aus der Verankerung gelöst. Moor nahm drei davon und trieb sie in den harten Schnee, wo sie glücklicherweise hielten.
Jetzt fühlte er sich sicherer, da er wenigstens einen kleinen Schutz über dem Kopf hatte und machte weiter mit der Arbeit.
Sie ging nur langsam voran, da der Schnee immer härter wurde und Moor nach etwa drei Stunden dringend eine Pause brauchte. Während er ausgepumpt am Tisch saß und einen Kaffee trank, schnappte sich Edeltraud den Spaten und grub tapfer weiter.

....

Moor blickte auf seine Uhr. Es war gegen zehn Uhr Abends, als er seine Arbeit wieder unterbrach. Er ging in die Hütte zurück, deren Eingansbereich voller Schneehaufen war und setzte sich neben Edeltraud an den Tisch. Der Gang war inzwischen etwa sechs Meter lang und die Bretter hielten die Decke locker.
Moor atmete tief durch und merkte, dass die Luft langsam schlechter wurde. Durch die Anstrengung hatten sie mehr Sauerstoff verbraucht und noch immer hatte er keine Ahnung, wie weit es noch war, bis an die rettende Außenwelt.
Er drehte sich um und blickte an den Kachelofen. Er nickte und stand auf, dann packte er das Ofenrohr und riss es mit einem Ruck aus der Verankerung. Er ging an das Ende des Ganges und blickte nach oben.
„Hoffentlich ist es nicht so dick.“

Er rammte das Rohr nach oben und zu seiner großen Erleichterung durchstieß es nach etwa einem halben Meter die Schneedecke. Moor blickte nach oben und sah das Mondlicht durch die schmale Röhre herein scheinen. Er winkte Edeltraud herbei und sie kam zu ihm, während sie die kühle Nachtluft einatmeten.
„Wir sind fast durch."
Sie nickte und klopfte ihm auf die Schulter. „Wir schaffen das!"
Er blieb eine Weile stehen, dann packte er die Schaufel wieder und stieß sie in den Schnee.
Das Ende kam schneller, als er erwartet hatte. Mit einem lauten Geräusch löste sich ein ganzer Haufen und Moor stand plötzlich im Freien.
Etwa einen Meter vor ihm stürzte sich die Masse in die Tiefe und donnerte ins Tal. Moor blickte auf die gegenüber liegende Seite des Berges.
An der Bergstation verloschen gerade die Lichter und er machte kehrt.
In der Hütte angekommen, legte er die Schaufel weg und blickte Edeltraud an.
„Wir warten, bis zum Morgengrauen, dann gehen wir zurück. Ich brauch erst einmal ein paar Stunden Ruhe."
Sie schloss die Tür hinter ihm und deutete auf das Bärenfell.
„Jetzt müssen wir uns sowieso da drauf legen."
Er lächelte und wartete, bis sie die Decke brachte, dann legten sie sich angezogen auf das Fell und kuschelten sich in die Decken ein.
Innerhalb weniger Minuten waren beide eingeschlafen.
Draußen strahlte der Sternenhimmel in den hellsten

Farben und warf seine Lichter auf die friedlich da
liegende Landschaft.

Vierundzwanzigstes Kapitel

Moor stand vor dem Schreibtisch im ehemaligen Büro von Gutschenleder und blickte auf Angelika Segener. Sie studierte die letzten Seiten seines Berichts und legte ihn dann vor sich auf den Tisch.
Sie überlegte einen Moment, dann schüttelte sie den Kopf.
„Bei aller Wertschätzung für ihre Arbeit, aber bewiesen ist damit noch gar nichts."
Moor verschränkte die Arme. „I hab definitiv zwei Knaller gehört, bevor die Lawine runter gekommen ist. Die ist absichtlich ausgelöst worden, von demselben Kerl, der auch Angerer und Gutschenleder umgebracht hat."
Angelika Segener blickte ihn ernst an. „Die Bergwacht untersucht noch das Gebiet, aber bis jetzt wurden keine Spuren gefunden. Wie auch, die Lawine hat alle möglichen Spuren verwischt."
Moor richtete sich auf. „Heißt des, Sie wollen nicht weiter ermitteln?"
Angelika erhob sich und trat zu ihm. „Sind Sie absolut sicher, dass das kein Zufall war?"
„Ja, des bin I!"
Angelika nickte. „Gut, ich setzte meine Männer auf den Fall an."
Moor verzog keine Miene. „Warum derf I des nicht machen?"
„Weil unsere Untersuchung noch nicht abgeschlossen ist. Sobald das der Fall ist, sind Sie sofort wieder im Dienst."
Moor resignierte. „Dann machen Sie ihren Leuten Feuer

unter dem Hintern."
Er drehte sich um und verließ das Büro. Angelika winkte einem ihrer Männer zu, der im Vorraum gewartet hatte und gab ihm den Bericht.
„Sehen Sie sich den Fall Angerer und vor allem den Fall Gutschenleder noch einmal an. Suchen Sie mögliche Ansätze auf Mord, beziehungsweise Verdächtige, die wir vielleicht übersehen haben."
„Ich mache mich sofort an die Arbeit."
Er nahm den Bericht und verließ das Büro.

……………………..

Moor ging schnurstracks in sein Büro, wo sich im Moment niemand befand und setzte sich an seinen Schreibtisch. Er öffnete seine Dateien und musste feststellen, dass alle Passwörter geändert worden waren. Er lächelte spöttisch und öffnete die oberste Schublade, in der er immer die wichtigsten Daten und Adressen von Fällen und Verdächtigen abschrieb.
Er suchte die Adressen der Verdächtigen im Fall Angerer und steckte den Zettel in die Jacketttasche.
Er stand gerade auf, als Erika eintrat und ihn überrascht anblickte.
„Was machst Du denn hier?"
Moor schloss die Tür und blickte seine Partnerin ernst an.
„Hast gehört, was uns passiert ist?"
Sie nickte. „Komischer Zufall!"
Er schüttelte den Kopf. „Des is´ koa Zufall mehr, die beiden Männer sind umgebracht worden, da lass´ I mich nimmer davon abbringen. Ich ermittele weiter in dem

Fall, ob es der Segener passt, oder nicht.“
Erika zuckte mit den Achseln. „Ich hab sowieso nie an einen Unfall gedacht, aber zählen kannst Du nicht auf mich. Die Angelika hat mich sicher unter ihre Fittiche genommen.“
Moor winkte ab. „Scho guad, aber sag´ niemanden, was ich hier gemacht habe.“
„Keine Sorge, ich weiß von nix und hab auch nix gesehen.“
„Danke Dir!“
Sie öffnete die Tür wieder. „Jetzt verschwind´ lieber, bevor dich noch jemand sieht.“
Er lächelte ihr zu und verließ das Büro. Wenig später stand er auf der Straße und setzte sich in seinen Wagen. Edeltraud befand sich in ihrer Wohnung, bei ihren Freundinnen, wo sie in einiger Sicherheit war.
Moor hatte darauf bestanden, dass sie sich getrennt aufhielten, um wenigstens das Hauptaugenmerk des Täters auf sich alleine zu lenken.
Er kramte den Zettel aus der Jacketttasche und blickte auf die Namen von Brecht und Holzmann, sowie dem Bergführer Anders.
Einer von den Männern war für ihn der Täter, doch wie konnte er das nachweisen. Auch im Fall Gutschenleder gab es noch zahlreiche Fragen, doch auch hier lag das Problem dabei, wer diese Fragen beantworten konnte?
Moor überlegte einen Moment, dann fiel ihm wieder die Tatsache ein, dass Patrizia Angerer mit ihm wahrscheinlich gesprochen hatte.
Vielleicht wusste sie ja etwas, von dem Moor noch keine Ahnung hatte. Außerdem konnte sie ihm sicher Auskunft

geben, was Gutschenleder an seinem letzten Tag vorgehabt hatte.
Moor steckte den Zettel wieder ein und startete den Motor. Er machte sich auf den Weg zur Villa der Angerers.

Fünfundzwanzigstes Kapitel

Für Patrizia Angerer waren die letzten Tage alles andere als gut verlaufen. Nach dem Tod ihres Mannes kam nun auch noch der Unfall von Gutschenleder hinzu, mit dem sie wieder näher zusammengekommen war.
Sie hatte es daher auch nicht fertig gebracht, auf die Beerdigung zu gehen. Der Tag war quälend langsam vergangen und sie hatte ihn damit verbracht, an der breiten Fensterfront ihres Wohnzimmers zu stehen und in die Ferne zu starren.
Sie hatte jeden Versuch, ihrer Bekannten, sie zu besuchen, abgeblockt und sich mehr oder weniger in ihren eigenen vier Wänden verschanzt.
An diesem Tag war sie spät aufgestanden, hatte nur wenig gefrühstückt und war einige Minuten lang im Garten spazieren gegangen.
Gegen Mittag hatte sie einen Bissen Brot hinuntergewürgt und wollte nun zur Ablenkung ihre täglichen Bahnen im Pool absolvieren.
Sie trug ihren Bademantel, unter dem sie den knallroten Badeanzug anhatte, der eher an eine Baywatch-Nixe erinnerte. Ihr war das egal, Ludwig hatte sie in dieser Kleidung immer gerne gesehen und sie wollte zumindest für sich noch einen Anflug von Alltäglichkeit aufrechterhalten.
Sie ging barfuss die Treppe in den Keller hinunter und legte den Bademantel auf den Liegestuhl, der sich neben der Bar befand. Sie blickte auf die glatte Wasseroberfläche und tippte die Zehen hinein. Sie ging zu der einzigen Einstiegsleiter und ließ sich langsam in

das kühle Nass hineingleiten.
Sie atmete tief durch und tauchte einige Sekunden unter, dann kam sie wieder hoch und begann langsam ihre Bahnen zu ziehen.
Die Stereoanlage hatte sie seit dem Morgen laufen und im Moment lag ihre Lieblings CD auf. Sie legte sich in Rückenlage und kam mit kräftigen Stößen ihrer Beine gut vorwärts.
Sie blickte an die Decke und schloss ab und zu die Augen, während sie die Welt um sich mehr oder weniger vergaß.

……………………

Der Mann hatte sich schon vor einigen Tagen einen genauen Plan des Hauses besorgt und kannte sich so gut aus.
Er war vor wenigen Minuten von der hinteren Seite zur Siedlung gekommen, wo er als Fußgänger in der Winterlandschaft kaum aufgefallen war.
Die Siedlung lag ruhig da und es befanden sich kaum Leute auf den Straßen und Wegen.
Der Mann ging ohne Eile durch das angelehnte Gartentor auf die Haustür zu, blickte sich kurz um und öffnete dann mithilfe eines Werkzeuges die Tür.
Er spähte hinein und trat in den Gang. Nichts war zu hören und der Mann ging langsam und vorsichtig in die Räume blickend, ins Wohnzimmer. Er blieb inmitten des Raumes stehen und horchte.
Von unten hörte er Geräusche, die darauf schließen ließen, dass Patrizia schwimmen war. Der Mann lächelte

und schlich zur Treppe. Er zog sich seine Schuhe aus und ging auf Socken die ersten Stufen hinunter. Als er auf Augenhöhe mit dem Fußboden des Erdgeschosses war, kniete er sich nieder und blickte in den Kellerraum. Patrizia schwamm auf dem Rücken im Moment von ihm weg und hatte die Augen an die Decke gerichtet.
Der Mann nahm seine Chance wahr und nahm die restlichen Treppen in hohem Tempo.
Er sprang zur Seite und ging hinter der Theke der Bar in Deckung. Patrizia hatte ihn nicht bemerkt und drehte sich wieder in Bauchlage, während sie in den Kraulrhythmus wechselte.
Der Mann richtete sich auf und ging langsam an das entfernte Ende des Pools. Patrizia hatte inzwischen kehrt gemacht und kam nun auf ihn zu, wobei ihre Augen immer zur Seite gerichtet waren. Sie erreichte den Beckenrand und wollte schon wieder umdrehen, als ihre linke Hand von einer anderen Hand gepackt wurde. Sie erschrak und blickte nach oben in das Gesicht des Mannes.
„Was willst Du hier?“
Der Mann lächelte wieder. „Dir in deiner Trauer beistehen.“
„Ich brauche niemanden, am wenigsten Dich.“
„Das ist schade, ich dachte, wir könnten unsere Geschäfte miteinander verbinden.“
Patrizia versuchte sich loszureißen, doch der Griff des Mannes war hart.
„Lass mich, ich will mit Dir nichts zu schaffen haben.“
„Das wollte dein Mann auch nicht mehr.“
Sie blickte ihn erschrocken an. „Was meinst Du?“

„Der wollte auch nicht auf mich hören, da habe ich ihn etwas den Berg hinunter gestoßen."
Patrizia wurde ernst. „Du hast ihn umgebracht?"
„Natürlich, genauso, wie deinen ehemaligen Liebhaber."
Sie wollte aus dem Becken, doch der Mann hielt sie dort, wo sie sich befand.
„Warum?"
Der Mann blickte sie eiskalt an. „Jeder, der meinen Plänen im Weg steht, wird aus dem Weg geräumt. Die Polizisten, die in dem Fall ermittelt haben, sind auch schon zur Hälfte aus dem Weg geräumt."
„Du bist wahnsinnig, lass mich los!"
Der Mann schüttelte den Kopf. „Tut mir leid, aber nachdem Du nicht auf meine Seite wechseln willst, wirst Du die nächste Person sein, die einen tragischen Unfall erleiden wird."
Patrizia schlug mit der anderen Hand zu, doch es hatte keine Wirkung. Der Mann hob sie mit einem Ruck aus dem Becken und schlug ihr die Faust ans Kinn. Patrizia sackte zusammen und er ließ sie zu Boden gleiten.
Er blickte kurz auf die bewusstlose Frau, dann sah er sich um.
Sein Blick fiel auf den Bademantel und den Gürtel, der ihn zusammenhielt. Er lächelte und ging zu dem Kleidungsstück hin. Er zog den Gürtel heraus und kehrte wieder zu Patrizia zurück.
Wie ein Unfall würde es jetzt zwar nicht mehr aussehen, aber das tat der Sache keinen Abbruch. Er nahm den Gürtel und band ihn um die Füße der Frau zusammen. Mit dem noch frei liegenden Ende zog er sie in Richtung des Beckenrandes und blickte in den Pool.

In der Mitte des Beckens befand sich der Ablauf, durch den das Wasser herausgepumpt und gefiltert wurde. Der Mann zog seine Sachen aus und stieg ins Wasser.

Sechsundzwanzigstes Kapitel

Zwanzig Minuten später bog Moor mit seinem Wagen in die Straße ein und parkte direkt vor dem Haus. Er stieg aus und blickte sich um. Die Leute kamen erst jetzt aus ihren Häusern, um nach dem Mittagessen einen Spaziergang oder Ähnliches zu unternehmen.
Moor ging zur Haustür und klingelte. Er wartete gut zwei Minuten, als sich dann immer noch nichts rührte, probierte er es noch einmal. Wieder keine Antwort.
Er klopfte an der Tür und sie gab sofort nach. Anscheinend war sie nicht richtig eingerastet gewesen und Moor hatte es bis jetzt auch nicht bemerkt. Er öffnete die Tür ganz und spähte hinein.
„Frau Angerer?"
Er trat ein und schloss die Tür hinter sich. Er blickte sich um und konnte nichts Verdächtiges feststellen.
„Frau Angerer!"
Er öffnete den Reißverschluss seiner Jacke und legte sie ab. Moor blickte in die Räume im Erdgeschoss und kam schließlich ins Wohnzimmer.
„Hallo!"
Er nahm sofort die Musik wahr, die von unten heraufdröhnte und ging zur Treppe. Er befand sich etwa auf halber Höhe, als die Geräusche immer lauter wurden. Er schüttelte den Kopf und ging ganz hinunter. Er näherte sich der Stereoanlage und drehte den Ton herunter, dann erst fiel sein Blick auf den Körper, der senkrecht im Becken zu stehen schien. Der Kopf befand sich vielleicht zehn Zentimeter unter der Wasseroberfläche und bewegte sich nicht.

Moor riss sich blitzschnell die Kleidung vom Leib und sprang, nur noch mit Shorts bekleidet in den Pool. Er blickte einen Moment auf die geschlossenen Augen von Patrizia Angerer, die wie eine Ballerina im Wasser schwebte.
Dann fiel sein Blick auf die zusammengebundenen Füße und den Knoten, mit dem der Gürtel im Ablaufgitter befestigt war. Er tauchte hinunter und öffnete den Knoten, dann nahm er den Körper der Frau in die Arme und gelangte wieder an die Wasseroberfläche. Er stieß sich schnell vorwärts und erreichte den Beckenrand, wo er die Frau aus dem Wasser hob.
Moor zog sich hoch und kniete sich neben Patrizia nieder. Er fühlte keinen Puls und machte sich sofort an Wiederbelebungsversuche.
Er arbeitete vielleicht fünf Minuten lang an dem leblosen Körper, dann richtete er sich auf und blickte auf die Leiche der Frau.
Moor setzte sich neben ihr auf den feuchten Boden und blickte an die Decke. Spätestens jetzt musste jeder normale Mensch einsehen, dass es sich die ganze Zeit um Morde gehandelt hatte und nicht um Unfälle.
Moor saß vielleicht zehn Minuten lang bewegungslos da, dann erhob er sich und ging zur Bar. Dort befand sich neben der Theke ein Telefon. Er nahm ab und wählte die Nummer des Präsidiums.
Nachdem er seine Chefin informiert hatte, zog er sich langsam wieder an und wartete ab.

....

Zwanzig Minuten später standen drei Streifenwagen und ein Krankenwagen vor der Villa, während vier Beamte damit beschäftigt waren, die neugierigen Nachbarn zurückzudrängen, die sich an den Absperrungen eingefunden hatten.
Kurz danach bog ein Zivilfahrzeug in die Straße ein und hielt vor der Villa. Angelika Segener stieg aus, begleitet von einem ihrer Mitarbeiter und bahnte sich einen Weg durch die Menge.
Im Keller des Hauses angekommen, blickte sie auf die Szene. Zwei Sanitäter hoben die Leiche der Frau gerade auf eine Bahre, während Moor an der Bar stand und einem der Beamten Rede und Antwort stand.
Angelika trat zu ihm und fragte: „Was wollten Sie hier?“
Moor blickte sie ernst an. „Ich wollte sie nach ihrem Verhältnis zu Gutschenleder fragen.“
„Was?“
„Die beiden waren eine Zeit lang zusammen. Sie hatte vielleicht am besagten Tag noch Kontakt zu Gutschenleder.“
Angelika drehte sich kurz um und wartete, bis die Leiche hinaufgebracht worden war.
„Und sie war im Ablauf festgebunden?“
Moor nickte. „Glauben Sie vielleicht immer noch, dass des ein Unfall war, so wie die anderen Unfälle?“
Angelika überhörte den Sarkasmus in Moors Stimme und blickte ihn wieder an.
„Des war jetzt definitiv ein Mord, aber bei den anderen Fällen gibt es leider immer no koane Beweise.“
„Dann lassen Sie ihre Experten weiter suacha, denn die nächste Leich´ kummt bestimmt.“

Angelika stützte sich mit einem Arm auf die Theke. „Aber wie stehen die Fälle miteinander in Verbindung? Was haben die Toten gemeinsam gehabt?“
„Des müssen wir halt jetzt herausfinden, bevor der Kerl wieder zuschlägt.“
Sie blickte noch immer leicht ungläubig auf Moor. „Es begann alles mit Angerer und in diesem Fall haben Sie ja keine handfesten Beweise, dass es Mord war.“
„Weil der Gutschi gesagt hat, es war ein Unfall und wir daher auch nicht weiter ermittelt haben.“
Angelika öffnete die Knöpfe ihres Blazers, da die Luftfeuchtigkeit ihr zu schaffen machte und blickte auf den Pool.
„Meine Leute haben sich seit den Morgenstunden an die Ermittlungsakten gemacht, wir sind aber keinen Schritt weitergekommen.“
Moor trat zu ihr. „Vielleicht ist der Täter ja gar nicht unter den Verdächtigen, die wir bis jetzt vernommen haben. Sie müssen halt den Kreis weiterziehen, als bisher.“
„Da können wir glei´ bei den Firmenmitarbeitern anfangen, des wird ein großer Verdächtigenkreis.“
Moor zuckte mit den Achseln. „Na und, bis jetzt haben wir koane eindeutigen Beweise auf einen bestimmten Täter, da müssen wir halt den größtmöglichen Nenner finden.“
Angelika überlegte einen Moment, dann drehte sie sich zu ihrem Mitarbeiter um.
„Erweitern Sie den Suchradius auf die Mitarbeiter der Firma und stellen Sie noch zwei Teams dafür ab.“
Der Mann nickte und griff zu seinem Handy, während

Angelika sich wieder an Moor wandte.
„Sie und ihre Partnerin san wieder im Dienst. Ich möchte, dass Sie sich noch einmal alles ins Gedächtnis rufen, was Sie seit Auffindung der ersten Leiche gemacht haben und mit wem Sie alles gesprochen haben."
Moor blickte auf. „Das steht alles in meinen Berichten."
„Vielleicht haben Sie doch ein kleines Detail übersehen, das vielleicht entscheidend sein kann. Der Killer ist vielleicht nervös geworden durch die Ermittlungen und wollte Sie daher aus dem Weg räumen."
Moor verschränkte die Arme. „Dann ist Erika aber auch auf der Abschussliste."
„Des is´ mir klar, I hab bereits ein Team zu ihrer Wohnung geschickt. Wir bringen euch beide aufs Präsidium, wo wir noch einmal eine eingehende Befragung durchführen. Für den Moment können Sie sich schon mal auf den Weg machen. Gehen Sie in ihr Büro und öffnen Sie sämtliche Dateien. Graben Sie in der Vergangenheit der Verdächtigen, was auch immer."
Moor lächelte schwach. „Wenn I den Zugriffscode habe, dann mach I des gerne."
Angelika holte einen Zettel aus ihrer Hosentasche und schrieb den Code auf. Sie reichte Moor den Zettel und sagte dann: „Wieder an die Arbeit, Kommissar Moor!"
„Is´ scho recht."
Er steckte den Zettel ein und ging langsam ins Erdgeschoss hinauf. Er bahnte sich den Weg durch die Reihen der Kollegen und Schaulustigen zu seinem Wagen und stieg ein.
Während der Fahrt zum Präsidium bekam er einen Anruf, dass Erika wohlauf angetroffen worden war und sich

schon auf dem Weg zum Büro befand.
Moor war einigermaßen beruhigt und rief zur Sicherheit noch einmal bei Edeltraud zuhause an, die sich sofort meldete und ihm versicherte, dass es ihr bei ihren Wohnungsgenossinnen gut ging.
Moor legte das Handy wieder weg und bog auf den Parkplatz des Präsidiums ein.

Siebenundzwanzigstes Kapitel

Moor betrat sein Büro, während hinter ihm Schritte laut wurden. Einen Moment später kam Erika herein und nickte ihm zu.
„Des war a scheener, kurzer Urlaub. Was is´ denn jetzt scho wieder?"
Moor setzte sich und zog sein Jackett aus. „Die Fälle werden wieder geöffnet. Und zwar alle."
Er unterrichtete Erika über die vergangenen Stunden und Tage und lehnte sich dann mit verschränkten Armen zurück. Erika schüttelte den Kopf und blickte ihren Partner an.
„Des is´ ja a scheene Sach´!"
Sie stützte sich mit den Ellbogen auf den Tisch und meinte: „Und wo sollen wir jetzt weitermacha?"
Moor zuckte mit den Achseln und beugte sich vor. „Wir sollen uns noch einmal alles ins Gedächtnis rufen, was wir ermittelt haben. Vielleicht haben wir ja was übersehen."
„Wofür haben wir dann unsere Berichte abgefasst?"
„Damit der Bürokratie genüge getan wurde."
Er loggte sich in seinen Computer ein und blickte sich dann um. Sie beide befanden sich jetzt alleine im Raum, da die Mitarbeiter von Angelika Segener in den anderen Büros zugange waren.
Moor blickte zu Erika. „Wir vergessen jetzt mal unsere Berichte und suchen ganz woanders."
„Und wo?"
Moor sagte: „Für mich bleiben nur drei Verdächtige, nämlich Brecht, Holzmann und der Bergführer."

„Wegen dem Mord an dem Angerer?“
Moor nickte. „Sie waren die einzigen, die bei dem Wetter da raufgekraxelt wären und das ist mein Hauptindiz für die Täterschaft eines der Männer.“
Erika ließ sich den Code von Moor geben und loggte sich ebenfalls ein.
„Des wäre natürlich schön, denn dann hätten wir den Kreis schön klein gehalten.“
Moor hakte schon einige Dateien. „Die Segener kann von mir aus die gesamte Belegschaft der Firma unter die Lupe nehmen, da führen wahrscheinlich gar keine Spuren hin. Wir konzentrieren uns auf die drei Bergsteiger. Der Angerer ist umgebracht worden, da lass´ ich mich nicht mehr davon abbringen. Der Gutschi und die Frau vom Angerer sind wahrscheinlich nur durch unsere Einmischung mit da rein geraten.“
Erika blickte ihn an. „Vielleicht haben ja beide den Täter gekannt?“
„Oder er wollte weitere, unliebsame Zeugen aus dem Weg räumen.“
Er konzentrierte sich auf den Bildschirm. „Ich nehm´ jetzt amoi den Brecht unter die Lupe, konzentrier Du dich auf den Holzmann.“
„Schau mer mal.“
Sie schwiegen und tippten die betreffenden Namen in die Suchdateien.
Es dauerte eine gute halbe Stunde, in der beide die wahrscheinlich lückenlose Geschichte der beiden Verdächtigen kennen lernten und nach Ablauf dieser 30 Minuten lehnte sich Moor zurück und studierte die Datei vor sich auf dem Bildschirm.

„Hast Du g´wusst, dass der Vater vom Brecht mit seinem Sohn eine Firma aufgemacht hat, die der Angerer dann aufgekauft hat?“
Erika schüttelte den Kopf. „Bevor er Teilhaber vom Angerer wurde?“
„Etwa ein halbes Jahr vorher. Und noch etwas interessantes, der Vater vom Brecht hat sich kurz darauf umgebracht.“
„Was?“
Moor nickte. „Anscheinend hat er den Verlust seiner Firma nicht verkraftet. Wurde in einem Waldstück bei Rosenheim erhängt aufgefunden. Fremdverschulden wurde damals ausgeschlossen.“
„Na, des wär´ doch a Motiv für einen Mord.“
„Definitiv.“
Erika blickte auf ihren Monitor und zog dann die Luft durch die Zähne.
„Hoppla!“
Moor sah von seiner Arbeit auf. „Was denn?“
„Du werst es ned glauben. Der Vater vom Holzmann war Teilhaber an der Firma seines Sohnes, die dann bankrott gegangen ist und vom Angerer aufgekauft wurde.“
Moor zog eine Augenbraue hoch. „Jetzt sag bloß no, der Vater vom Holzmann hat sich auch…?“
„Umgebracht? Aber sicher doch.“
Moor schlug die Hände über dem Kopf zusammen.
„Na, jetzt schlägts 13. Des is´ jetzt aber a scheener Zufall.“
Erika schüttelte den Kopf. „Roger, in dem Fall gibt’s für mich koane Zufälle mehr. Alles, was passiert ist, wurde sicher durch die zwoa Selbstmorde ausgelöst, oder

mindestens durch oanen von die zwoa."
Moor blickte auf seine Partnerin. „Jetzt haben beide a Motiv g´habt, den Angerer zu töten."
Erika tippte mit den Fingernägeln auf der Tischkante. „I schau´ liaba glei´ no nach, ob der Anders a an Vater g´habt hat, der si um´bracht hat, dann sans glei wieder drei Verdächtige."
Sie tippte den Namen des Bergführers ein und hatte keine zwei Minuten später die gesamte Lebensgeschichte des Mannes auf dem Bildschirm.
„Was für a Glück!"
Moor lächelte. „Koa Selbstmord?"
„Sei Vater und die Mutter leben no."
„Dann bleiben es zwei Verdächtige."
Erika nickte. „Oana von deene zwoa hat den Angerer und den Gutschenleder umgebracht. Die Patrizia Angerer ist vielleicht dahinter gekommen und is´ deswegen aus dem Weg geräumt worden."
Moor notierte sich die wichtigsten Daten und Vorfälle der beiden Verdächtigen und stand dann auf.
„Jetzt müssen wir´s nur noch der Angelika schmackhaft machen, die beiden Kerle zu verhören, dann stoßen wir vielleicht in ein Wespennest."
Erika erhob sich ebenfalls. „Auf jeden Fall is´ des besser, als nutzlos dahoam rum zu hocken und Däumchen zu drehen."
„Schauen wir mal, ob sie sich auf unseren Vorschlag einlässt."
Sie verließen das Büro und machten sich auf den Weg zum Zimmer ihrer neuen Chefin. Sie meldeten sich bei Sybille Müller an, die mit einem Kopfnicken auf die

offene Verbindungstür zeigte, dann traten die beiden Kommissare ein.

Achtundzwanzigstes Kapitel

Am nächsten Morgen standen Erika und Moor neben dem Verhörraum im abgedunkelten Zimmer und blickten durch den transparenten Spiegel in den Nebenraum. Phillip Brecht saß am Tisch, sah eher gelangweilt aus und hörte den Ausführungen von Angelika Segener zu.
Sie hatte schnell erkennen lassen, dass sie eine Spezialistin in Verhören war und keine störenden Bemerkungen oder Anzüglichkeiten duldete.
Brecht hatte zuerst noch bereitwillig Auskunft erteilt, dann schien ihn die ganze Sache nur noch zu ermüden und seine Antworten wurden immer einsilbiger.
Moor ließ die Schultern sinken und blickte seine Partnerin an.
„Der is´ eiskalt."
Sie nickte. „Viel wird die Angelika nicht mehr aus ihm raus bringen."
In der Tat lehnte sich Brecht in diesem Moment zurück und verschränkte die Arme. Angelika verließ den Raum und trat einen Augenblick später bei den beiden Kommissaren ein. Sie schloss die Tür und lehnte sich gegen den Spiegel.
„Nun, was halten die Kommissare von dem Mann?"
Erika zuckte mit den Achseln. „Er hat den Selbstmord seines Vaters anscheinend guad überstanden. Jedenfalls macht er nicht gerade den Eindruck, als ob ihn des besonders mitgenommen hat."
Moor nickte. „Er kann uns auch was vorspielen."
Angelika blickte ihn an. „Wie auch immer, wir können ihn nicht ewig hier behalten."

„Und was machen wir jetzt?"
Angelika richtete sich auf. „Ich lass´ ihn fürs Erste gehen und lasse ihn beschatten. Zum Anfang mal für 24 Stunden, dann sehen wir weiter."
Moor fuhr sich durch die Haare. „Wird ned viel bringen."
„Gestanden hat er nicht, was bleibt uns anderes übrig?"
„Nix!"
Sie drehte sich um und verließ den Raum wieder. Sie blieb vor Brecht stehen und die beiden Kommissare hörten über die Gegensprechanlage ihre Worte.
„Sie können gehen, Herr Brecht, vielen Dank für ihre Mitarbeit!"
„Koa Ursache!"
Brecht stand auf, nickte Angelika zu und warf dann einen zweideutigen Blick auf den Spiegel. Er ging gemächlich nach draußen und als Moor auf den Gang trat, war er schon um die nächste Ecke verschwunden.
Angelika stand in der Tür und nickte einem ihrer Mitarbeiter zu.
„Bringen Sie den Holzmann her!"
Der Mann drehte sich um und verschwand in einem der Büros. Wenig später kam er mit Holzmann heraus und führte ihn in den Verhörraum.
Holzmann schien noch unwilliger zu sein und warf Moor einen ärgerlichen Blick zu.
Dann verschwand er im Raum und Angelika schloss hinter sich die Tür. Moor bezog wieder Position neben Erika und sie verfolgten das Verhör mit Holzmann.
Der Mann saß missmutig auf dem Stuhl und gab noch kürzere Antworten, als Brecht vor ihm. Angelika sah schnell ein, dass sie keinen Erfolg hatte und ließ ihn nach

gut zehn Minuten wieder gehen.
Auch Holzmann schickte sie einen Mann hinterher, der ihn für 24 Stunden beschatten sollte, dann trafen sich die drei, Moor, Erika und Angelika im Büro der Chefin.
Angelika Segener setzte sich auf ihren Platz und blickte die beiden Kommissare an.
„Ich glaube ihnen beiden gern, dass oana von deene der Täter ist, aber nachweisen können mir den beiden im Moment no gar nix. Wir haben die Alibis der beiden für die Tattage mal analysiert, da is´ nix raus gekommen. Der Brecht hat ein Alibi von seiner Sekretärin und der Holzmann von mehreren Damen von dem Escortservice."
Moor lächelte. „Die kann man alle bezahlen, das Richtige zu sagen."
Angelika nickte. „Des glaub´ I gern, doch solange koane von deene Damen ihre Meinung ändert, haben wir keinen Anhaltspunkt."
Moor richtete sich auf. „Dann müssen wir es halt auf eine andere Art versuchen."
Angelika blickte ihn an. „Was meinen Sie?"
Moor zuckte mit den Achseln. „Im Moment woas I des noch nicht, aber mir wird schon was einfallen."
Seine Chefin stützte die Ellbogen auf den Tisch. „Wenn Sie daran denken, etwas Ungesetzliches zu machen, dann kriegen Sie es mit mir zu tun."
Moor wehrte ab. „Koane Sorge, verprügeln dua I koan von deene."
Angelika lehnte sich zurück. „Fürs Erste konzentrieren Sie sich wieder auf die Akten und suchen weiter, während meine Leute die Firmenangestellten befragen."
Moor nickte und drehte sich um. Erika folgte ihm in ihr

eigenes Büro, wo sie sich auf ihre Plätze begaben.
„Und, was willst Du jetzt machen?“
Moor blickte ins Leere. „Erika, ich weiß es im Moment wirklich nicht, aber ungeschoren kommen die beiden nicht davon, des kann ich Dir sagen. Einer von denen ist der Täter, da beißt die Maus koan Faden ab.“
Erika schaltete ihren Computer ein. „Na viel Spaß, ich möchte gern miterleben, wie Du die beiden dazu bekommst, einen Fehler zu machen.“
Moor lächelte schwach. „Den Fall lösen wir schon noch, des is´ klar.“
„Ich will es hoffen.“
Sie loggte sich ein und öffnete eine der Suchdateien, während Moor sich zurücklehnte und aus dem Fenster auf die winterliche Landschaft blickte.

Neunundzwanzigstes Kapitel

Nachmittags, gegen 16 Uhr, klingelte Moor an der Wohnungstür von Edeltraud. Sie öffnete einen Moment später und ließ ihn eintreten.
Sie gingen ins Wohnzimmer und setzten sich auf die Couch, während Moor sein Jackett ablegte.
Er blickte sich um. „Wo sind deine Genossinnen?“
„Einkaufen, wir waren fast leer mit allen Nahrungsmitteln. I mag des nicht, wenn I mich hier verbarrikadieren muas.“
Moor nahm ihre Hand und drückte sie sanft. „Des wird nimmer lange dauern.“
Sie blickte ihn an. „Habt´s den Täter endlich?“
Moor antwortete: „Nein, aber I bin mir sicher, dass es entweder der Brecht, oder der Holzmann ist.“
„Was war jetzt?“
„Die Segener hat beide vernommen, doch beide haben die Taten natürlich abgestritten und jeweils lupenreine Alibis vorgelegt. Aber einer von dene Zwoa der lügt, da bin I mir sicher.“
Sie lehnte sich an seine Schulter. „Mach´ bloß koan Blödsinn.“
Moor lächelte. „Koane Sorge, aber I werde mal die Dinge etwas forcieren.“
Sie fragte: „Was hast Du jetzt vor?“
Moor blickte sie ernst an. „Ich weiß, dass beide öfter in der Safari-Bar sind am Abend. Ich denke, heute Abend sind sie dort und fragen sich aus, was wir von ihnen wissen wollten. Das ist die Chance für mich, ihnen mal näher auf den Zahn zu fühlen und ihnen einen Köder

hinzuwerfen."
Edeltraud lehnte sich zurück. „Was?"
Moor streichelte über ihre rosigen Wangen. „I werde eine Tatortbegehung vorschlagen, bei der mir die Zwoa helfen werden."
Sie richtete sich auf und blickte ihn fragend an. „Welchen Tatort?"
„Die Wankenwand!"
Edeltraud drehte sich zu ihm und schüttelte den Kopf. „Tu´ des nicht, Du bist scho´ seit Jahren nicht mehr richtig geklettert. Außerdem, wenn oana von deene Zwoa der Täter ist, dann wird der sich die Chance nicht entgehen lassen, auch dich aus dem Weg zu räumen."
„Damit rechne ich, daher werd´ I auch sämtliche Vorsichtsmaßnahmen treffen, die es gibt. Schließlich will I dich auch in Zukunft in den Armen halten."
Er nahm sie in die Arme und küsste sie auf die Stirn. „Wenn es klappt, dann sind wir morgen schon auf dem Weg. Sollte es so sein, dann schick´ I dir eine SMS. Dann gehst Du sofort zur Angelika und sagst ihr, was ich vorhabe. Sie soll alle möglichen Fluchtwege von der Wankenwand besetzen lassen, falls mir der Kerl durch die Lappen geht. Dann braucht sie ihm nur noch die Handschellen anlegen und ihm seine Rechte vorlesen."
Edeltraud legte ihren Kopf an seine Brust. „I hab Angst um dich."
Moor lächelte. „Des will I hoffen, um dich hätt´ I auch Angst, wenn Du so etwas vorhättest."
Er blickte auf seine Armbanduhr. „Vor 18 Uhr werden die wahrscheinlich nicht dort auftauchen, wir haben no genügend Zeit."

Edeltraud richtete sich auf. „Meine Freundinnen werden auch noch mindestens eine Stunde brauchen, bis die wieder hier sind."
Moor zog sie an sich und küsste sie auf den Mund. „Dann nützen wir die Zeit, die uns bleibt."
Er legte sich rücklings auf die Couch und Edeltraud brachte sich über ihn. Sie streichelte sein Gesicht und verdrückte eine Träne, während sie ihm einen Kuss auf die Wange gab.
Die beiden Personen lagen sich eine Zeit lang schweigend in den Armen, dann hielten sie sich noch fester und vergaßen die Welt um sich für eine kurze Zeit.

Dreißigstes Kapitel

Die Turmuhr der um die Ecke liegenden Kirche schlug genau sechs Uhr Abends, als Moor die Tür zur Safari Bar öffnete und die im Halbdunkel liegende Treppe hinunter ging.
Die Bar befand sich im Keller eines Hauses, in dem einige Arztpraxen und eine Anwaltskanzlei ansässig waren und hatte einen weithin guten Ruf.
Die Gäste kamen aus allen Gesellschaftsschichten und oft wurden hier auch Geburtstage oder Hochzeiten gefeiert.
An der Treppe angekommen, blickte sich Moor einen Moment um und sah nur wenige Anwesende, die zumeist an der Bar hockten, oder in einem der beiden Nebenräume an Billardtischen standen und die ersten Drinks zu sich nahmen.
Moor sah einen mehr als gelangweilten Barkeeper, der langsam die Theke mit einem feuchten Tuch abwischte und ihn nicht gleich wahrgenommen hatte.
Moor trat an einen der Durchgänge zu den Nebenräumen und erblickte sofort Brecht und Holzmann, die an einem der Tische Billard spielten. Sie unterhielten sich leise miteinander und beachteten Moor gar nicht.
Dieser bestellte sich beim Barkeeper ein Bier und nahm das kalte Glas dann mit in den Nebenraum.
Er blieb kurz stehen, bis sich Holzmann nach einem missglückten Stoß verärgert aufrichtete und lächelte dann.
„Mit der rechten Bande hätten´s den versenkt."
Die beiden Männer drehten sich um und Brecht winkte ab.

„Der Toni lernt´s halt nie mehr."
Holzmann zuckte kurz, dann meinte er: „Überwachen Sie uns jetzt schon direkt, damit wir ned no mehr Verbrechen begehen?"
Moor stellte sein Glas zur Seite und nahm dann eines der Queues, dic an der Wand lehnten.
„Sie haben doch nix zu verbergen, also können´s doch locker mit der Polizei kooperieren."
Brecht nickte. „Lass´ ihn doch, Toni, der guade Kommissar will doch bloß den Mörder von die ganzen Leut´ dingfest machen."
Holzmann trat zur Seite und Moor versenkte die Kugel Holzmanns mit Leichtigkeit.
„I denk´, des waren keine Morde!"
Moor richtete sich auf und blickte ihn an. „Also, I glaub´ jetzt kaum, dass sich die Patrizia Angerer selbst am Boden ihres Pools festgebunden hat."
„Des hab´ I ja nicht gewusst."
Holzmann wandte sich ab, während Brecht Moor ruhig anblickte.
„Und wie wollen Sie einem von uns jetzt die angeblichen Morde anhängen?"
Moor zuckte mit den Achseln und versenkte die nächste Kugel.
„I hab´ gedacht, Sie helfen uns bei unserer Ermittlungsarbeit!"
Brecht lachte laut auf. „Ha, habt´s ihr jetzt scho zu wenig Leute, die sich damit auskennen?"
Moor schüttelte den Kopf, versenkte die restlichen beiden Kugeln und blickte dann Brecht ernst an.
„Nein, aber Sie beide san die einzigen Leute, die mir bei

der Aufklärung des ersten „Unfalls“ helfen könnten.“
Holzmann stellte sein Queue weg und stemmte die Fäuste in die Seiten.
„Und wie bitte soll des denn gehen, wenn I fragen darf?“
Moor richtete sich auf. „In dem Sie mich zum ersten Tatort begleiten.“
Holzmann tippte mit dem rechten Zeigefinger an die Stirn.
„Spinnen Sie jetzt a bisserl? Glauben Sie, I kletter mit Ihnen die Wankenwand hinauf, auf der Suche nach einem Stein, mit dem der Angerer erschlagen worden ist?“
„Wenn Sie es so sehen, ja.“
„Sie haben ja ned alle Tassen im Schrank. Mich bringen keine zehn Kuhfladen da rauf.“
Brecht drehte sich zu Holzmann. „Hast etwa Angst, Toni?“
„Na, aber I bin nicht lebensmüde. Der Ludwig war a Verrückter und ist schlicht und einfach abgestürzt. Gewundert hat´s mich nicht.“
Brecht legte sein Queue auf den Tisch und lächelte.
„Jetzt komm schon, wenn der Herr Kommissar dann zufrieden ist, san mir beide aus dem Schneider und können uns auf die Eiger Nordwand konzentrieren. Außerdem ist des das beste Training für unsere Tour.“
Holzmann blickte ihn an. „Damit wir das Abstürzen schon mal lernen?“
„Jetzt hab´ dich nicht so, inzwischen ist es etwas wärmer geworden, die Wand is´ sicher nimmer so vereist, wie am Tag des Unfalls, da kommen wir schon hinauf.
Außerdem hat der Ludwig sicher einige Sicherungshaken angebracht, die wir benutzen können.’“

Holzmann zögerte und blickte von Moor zu Brecht und wieder zurück.
„Jetzt hab´ I scho zwoa G´spinnerte."
Er druckste eine Zeitlang herum, dann nickte er langsam.
„Also guad, wenn ihr Zwei unbedingt Selbstmord begehen wollt, dann schau I gern dabei zu."
Brecht lachte kurz. „Super, dann können wir morgen früh gleich aufbrechen. Je schneller wir die Sache hinter uns haben, desto schneller kann I mich wieder auf die Firma konzentrieren und Du auf deine nackten Damen."
„Escortdamen."
Brecht winkte ab. „Wie auch immer, hilf´ uns, dann liegst schneller wieder neben oana wuilden Maus, als wenn der Herr Kommissar uns weiter beschatten lässt."
Moor lächelte schwach. „Des war nicht meine Idee, sondern die von meiner Chefin."
Brecht trat zu ihm. „Dann sagen´s ihr bitte, die Herren Kollegen sollen nicht immer so dicht auffahren, sonst tret´ I beim nächsten Mal scharf auf die Bremse und dann gibt´s a Menge Papierkram."
„Is´ scho guad."
Brecht blickte auf seine Uhr. „Guad, dann treffen wir uns morgen früh um 8 Uhr vor meinem Haus, die Adresse kennt´s ihr ja beide. Dann pack´ ma die Ausrüstung ein und fahren zur Wankenwand. Wenn das Wetter passt, sind wir in vier bis fünf Stunden oben."
Moor nickte zufrieden. „Vielen Dank für ihre Mitarbeit, die Herren."
Holzmann blickte ihn verächtlich an. „Wenn´s unbedingt moana, dann danken Sie uns gleich. I bin erst zufrieden, wenn mir die blöde Tour hinter uns haben."

Moor sagte: „Bis morgen früh dann, I werd´ auf alle Fälle pünktlich sein und hoffe, dass Sie beide anwesend sein werden. Nicht dass einer von ihnen auf den Gedanken kommt, heute Nacht das Weite zu suchen."
Brecht winkte ab. „I bin auf alle Fälle da."
Holzmann trank sein Whiskyglas auf einen Zug aus und nickte dann.
„Ich bin auch da, des lass´ I mir nicht entgehen. Guade Nacht, die Herren."
Er ging an Moor vorbei, warf dem Barkeeper einen Schein zu und verließ die Bar. Moor folgte ihm nach einem Moment und machte sich dann auf den Weg zu seiner Wohnung, um die nötigsten Dinge einzupacken, die er mitnehmen wollte.

Einunddreißigstes Kapitel

Am nächsten Morgen gegen 10 Uhr, als der weißblaue, bayerische Himmel über ihnen lag, standen die drei Männer in ihrer Bergsteigerkluft und mit ihren Rucksäcken am Fuße der Wankenwand.
Brecht hatte sie mit seinem Wagen hierher gefahren und nachdem sie ihre Habseligkeiten ausgepackt hatten, standen sie nun mit den Blicken nach oben gerichtet, an dieser Stelle, an der zwei Wochen vorher die Leiche Angerers gefunden worden war.
Holzmann schnürte seinen Rucksack zu und überprüfte seinen Sicherungshaken, dann wandte er sich an Moor.
„Und, wollen´s immer no da rauf?"
Moor blickte über die immer noch mit Eis bedeckte Wand, die in der Morgensonne glitzerte und nickte.
„Wenn Sie mich nicht im Stich lassen."
Brecht winkte ab. „Koa Angst, wir bringen Sie schon hoch. Runter geht's dann von selber."
Er nahm das Seil von der Schulter und wickelte es ab, dann warf er noch einen prüfenden Blick auf seine Steigeisen und trat dann an die Wand.
„Dann los!"
Er entdeckte etwa zehn Meter über ihnen einen Sicherungshaken und lächelte.
„Da hat der Ludwig angefangen."
Er befestigte das Ende des Seils an seinem Sicherungsgurt und stieg die ersten Meter nach oben.
Holzmann klinkte sich als Zweiter ein und drehte sich noch einmal zu Moor um.
„Viel Spaß!"

„Den werd I sicher haben!“
Holzmann wartete, bis Brecht die erste Sicherung erreicht hatte und das Seil durchzog, dann begann er mit dem Aufstieg.
Moor blickte auf die beiden Männer und überlegte noch einmal, auf was er sich da eingelassen hatte, doch jetzt war es zu spät, noch einen Rückzieher zu machen.
Er atmete tief durch und trat an die Wand. Er sah einen kleinen Felsvorsprung, etwa dreißig Zentimeter über seinem Kopf und sprang hoch. Er bekam ihn zu fassen und mit Hilfe seiner Steigeisen bekam er auch mit den Füßen Halt.
Er merkte erst jetzt das Gewicht des Rucksacks auf seinem Rücken, doch hatte er ohnehin nur die nötigsten Dinge eingepackt, unter anderem auch seine Waffe.
Er zog sich wieder ein Stück hoch, wobei das Seil zwischen ihm und Holzmann straff wurde und dieser sich genötigt sah, kurz nach unten zu blicken.
„Rauf musst schon selber, hochziehen tu´ I dich sicher nicht.“
„Entschuldigung!“
Er kam wieder ein Stück höher und das Seil entspannte sich. Brecht befand sich etwa zwanzig Meter über ihm und suchte nach dem nächsten Vorsprung im Fels, dann sah er eine weitere Sicherung und hakte sich dort ein.
„Der Ludwig hat schon kurze Abstände eingehalten, da wird es schnell gehen, glaub´ I.“
Er verlor mit dem rechten Fuß kurz den Halt und löste ein Stück Eis aus der Wand, das mit einem lauten Geräusch an Holzmann vorbei flog.
Dieser blickte nach oben. „Willst´ und jetzt scho

umbringen?“
Brecht bekam wieder Halt und lächelte. „Depp! Wenn dir des passiert, dann beschwer´ I mich auch nicht.“
„Geh´ weiter, wir wollen bald oben sein.“
„Sofort, der Herr!“
Brecht zog das Seil leicht zu sich, dann bekam er wieder einen Vorsprung zu Gesicht und fasste ihn mit der linken Hand.

…………………

Zwei Stunden später befanden sie sich etwa vierhundert Meter weiter oben und die ersten lauten Atmungsgeräusche waren zu hören. Sie stammten meistens von Brecht, der die schwerste Arbeit zu leisten hatte und daher auch mehr beansprucht wurde.
Er blickte nach oben und entdeckte wieder einen Haken, den er mit einer weiten Armbewegung erreichte und sich hochzog.
Holzmann unter ihm schien das Ganze gar nichts auszumachen, er hatte die Lücke zwischen sich und Brecht auf drei Meter verkleinert, während Moor immer öfter das Seil straff werden ließ, da er das Tempo der beiden Männer über ihm nicht mehr lange mithalten konnte.
Er atmete auch schwer, versuchte sich jedoch nichts anmerken zu lassen und befand sich gerade auf einem kleinen Vorsprung, auf dem er mit beiden Steigeisen stehen konnte, um die eine Hand wenigstens einen Moment lang entlasten zu können.
Er drehte leicht den Kopf und blickte auf das Panorama

der Alpen, das majestätisch vor ihm lag. Die Zugspitze lag in der strahlenden Mittagssonne und er konnte erkennen, dass sich auf den Pisten genug Skifahrer befanden, die es jetzt sicher leichter hatten, als er selbst.
Er drehte den Kopf wieder zur Wand und wäre fast erschrocken, da das Eis so blitzblank war, dass sich sein Gesicht darin spiegelte.
Er schüttelte den Kopf und entlastete kurz die andere Hand, während die Linke sich an einem Sicherungshaken festhielt.
Deppert bist scho´, dachte er, aber es war ja seine Schnapsidee gewesen, so den Täter zu entlarven.
Er packte wieder mit beiden Händen zu, die trotz der dünnen Handschuhe schon fast steif gefroren waren.
Er blickte nach oben und sah Holzmann, der nach unten blickte.
„Ist es noch weit, bis zum Punkt, an dem wir etwas ausruhen können?“
Holzmann lachte. „Bist scho´ erledigt? Des Plateau is´ etwa fünfzig Meter über uns, bis dahin musst scho´ no aushalten.“
„Dann weiter!“
Er zog sich wieder hoch und atmete wieder ein wenig ruhiger.
Dreißig Meter über ihm sicherte sich Brecht wieder ein und erblickte jetzt das Ende eines Seils, das an einem der nächsten Haken befestigt war.
„I hab was g´funden.“
Holzmann blickte nach oben. “Was denn?”
„A Stückerl Seil, vielleicht drei oder vier Meter lang.“
Moor horchte auf und zog sich ein Stück höher.

„Lassen Sie es so, wie es ist, das möchte ich selber sehen."
Brecht zuckte mit den Achseln. „Von mir aus."
Er kletterte ein Stück weiter und passierte das Ende des Seils. Zwanzig Meter über sich sah er die Kante des Plateaus.
„Wir haben es gleich!"
Fünf Minuten später zog er sich hoch und richtete sich auf dem Plateau auf. Holzmann befand sich an dem Haken, an dem das Ende des Seils befestigt war, während Moor noch zehn Meter unter ihm war und sich gerade vom letzten Sicherheitshaken befreite.
„Du, des sieht a bisserl aus, wie aufgeraut", sagte Holzmann mit einem Blick auf das Ende des Seils.
Brecht zuckte mit den Achseln. „Na und, des kann ja auch vom Wetter stammen."
Moor blickte nach oben, er konnte kaum noch weiter.
„Was meinen´s, könnte des von einem Messer stammen?"
Holzmann nickte. „Sicher, wenn man lange genug daran rumsäbelt, dann reißt es halt irgendwann."
Moor atmete durch. „Also doch ein Mord!"
Holzmann blickte nach oben. „Und welcher Depp is´ dann vor dem Angerer hier nach oben geklettert und hat auf ihn gewartet?"
Moors Augen öffneten sich weit und ein Gefühl des Unbehagens schlich in ihm hoch.
Dreißig Meter über ihm zog Phillip Brecht ein Taschenmesser aus der Jacke und ließ es aufschnappen.
Er blickte nach unten und kniete sich hin. Holzmann richtete seine Aufmerksamkeit noch immer auf das Seil.

„Wer macht denn so was?“
„Ich!“
Holzmann blickte nach oben und sah in Brechts lächelndes Gesicht.

Zweiunddreißigstes Kapitel

„Bist narrisch?"
Holzmann klinkte sich sofort aus dem Seil aus und suchte mit Händen und Füssen Halt. Er blickte nach unten, wo Moor sich gerade in den nächsten Haken einsichern wollte.
„Knoten!"
Moor verstand zuerst nicht, dann handelte er schnell. Während Holzmann ein Stück tiefer rutschte, sah Moor das Ende des Seils, an dem Angerer gehangen haben musste. Er versuchte es zu greifen, doch der Wind ließ es hin und her schwingen.
Brecht schnitt mit einer schnellen Bewegung das Seil durch und es fiel nach unten. Das Ende streifte Holzmann, der Mühe hatte, sich an der Wand zu halten, doch richtete es keinen Schaden an.
Brecht richtete sich wieder auf und blickte sich um. Hinter ihm lag ein etwa drei Kilo schwerer Felsbrocken, den er jetzt mühelos aufhob und wieder an die Kante trat. Holzmann konnte er sehen, wie er versuchte, wieder tiefer zu kommen, doch Moor war von einem Vorsprung verdeckt, so nahm er an, dass er immer noch am Ende des Seils hing.
„Ihr hättet nicht mitkommen sollen!"
Holzmann blickte nach oben und sah, wie Brecht den Felsbrocken über den Kopf hob und zielte.
„Du Wahnsinniger, warum machst Du des?"
Brecht zögerte, dann meinte er nur: „Es standen mir einige Menschen im Weg, die mussten aus demselbigen geräumt werden. Wenn ihr unten geblieben wärt, dann

hätte ich in aller Ruhe die Spuren verwischen können und niemand wäre zuschaden gekommen."
Holzmann konzentrierte sich auf die winzigen Vorsprünge, in denen er Halt finden konnte, während Moor außerstande war, sich vom Fleck zu rühren. Das Seil schwang immer noch in alle Richtungen und er streckte sich etwas, um mit der rechten Hand näher zu kommen.
Oben blickte Brecht auf Holzmann und warf den Felsbrocken.
„Guten Flug!"
Holzmann blickte wieder nach oben, doch es war schon zu spät. Der Fels traf ihn voll auf den durch einen Helm geschützten Kopf, doch die Wucht des Aufpralls reichte aus, dass er den Halt verlor. Mit einem lauten Aufschrei löste sich sein Körper von der Wand und fiel in die Tiefe.
Im selben Moment bekam Moor das Ende des Seils zu fassen und griff es mit beiden Händen.
Holzmanns Körper flog so dicht an ihm vorbei, dass er selbst den Halt verlor und mit dem Seil zur Seite schwang.
Während Holzmann in die Tiefe stürzte, versuchte Moor sich mit seinen letzten Kräften an die Wand zu schwingen, wo er glücklicherweise Halt fand und mit einer schnellen Bewegung einen Knoten in das Seil band, das er schon durch den Sicherungshaken an seinem Körper gezogen hatte.
Er blickte kurz nach unten und sah, wie der Körper von Holzmann unten aufschlug, dann verließen ihn die Kräfte und er baumelte bewusstlos an dem Seil.

Auf dem Plateau blickte Brecht nach unten, konnte jedoch niemanden mehr erblicken. Obwohl er keinen Schrei gehört hatte, ging er davon aus, dass der Kommissar mit Holzmann in die Tiefe gerissen worden war, was seine Probleme auf einen Schlag aus dem Weg räumen würde.
Er kniete sich hin und suchte die Wand nach einer Spur ab, konnte jedoch auf das Seil nicht mehr erblicken, an dem Angerer vor einigen Wochen gehangen hatte.
Mit etwas Glück hatte es der Kommissar gelöst, um es als Beweis mit nach unten zu nehmen, was ja jetzt auch der Fall sein musste.
Brecht richtete sich auf und entnahm seinem Rucksack eine kleine Blechflasche mit Enzian. Er nahm einen Schluck und ließ die brennende Flüssigkeit die Kehle hinunterlaufen. Er war zufrieden mit sich und der Welt, seine Probleme hatten sich jetzt wohl gelöst.
Was jetzt noch blieb, war, sich ein gutes Alibi zu beschaffen und wie beim letzten Mal auf eine Untersuchung zu hoffen, die auf einen Unfall als Ursache kommen würde.
Schon beim Mord an Angerer war er eigentlich schon beruhigt gewesen, doch dann hatten sich die Ereignisse zu seinen Ungunsten überschlagen. Der Polizeichef war noch ein weiteres Problem gewesen, da er sich plötzlich an Patrizia herangemacht hatte, die in seinen Plänen eine große Rolle gespielt hatte.
Brecht dachte noch einmal an die Stunden, in denen er mit der Frau diskutiert hatte und über eine mögliche gemeinsame Zukunft gesprochen hatte, doch sie war nicht auf ihn eingegangen.

Zu dumm, mit ihr hätte er gerne schöne Stunden verbracht, doch sie hatte sich geweigert und so hatte er ihr eine Tauchstunde gegeben.
Mit den beiden Leichen, die jetzt unter ihm lagen, war die Sache hoffentlich erledigt und er konnte sich nun auf die Zukunft und das Geschäft konzentrieren.
Brecht warf noch einen Blick auf das Plateau, dann machte er sich wieder auf den Weg in Richtung des Seitentales, das er auch beim letzten Mal benutzt hatte. Diesen Weg kannte er jetzt schon auswendig, so dass er ihn ohne Mühe und in einem relativ schnellen Tempo zurücklegen konnte.
Er stand zwei Stunden später wieder unten auf der mit Schnee bedeckten Wiese und schlug einen großen Bogen, um nicht wieder an der Stelle vorbeizukommen, an der die zwei Leichen lagen.
Er erreichte seinen Wagen und blickte sich um. Niemand war zu sehen. Warum auch?
Außer ihnen würde keiner auf den Gedanken kommen, an diesem Tag hier heraufzusteigen und so war er sich sicher, nicht gesehen worden zu sein.
Brecht schnallte die Steigeisen von den Schuhen, packte alles in den Kofferraum seines Wagens und stieg ein.
Er warf noch einen Blick auf die Wankenwand und lächelte wieder.
Dann startete er den Motor und lenkte den Wagen in Richtung des Feldweges, der ihn nach unten zur Hauptstraße bringen sollte.
Kurz vor der Kreuzung blieb er noch einmal halten und wartete, bis der Verkehr nachgelassen hatte. Dann lenkte er den Wagen nach links und fuhr in Richtung Österreich,

wo er seinen nächsten Termin wahrnehmen wollte.
Er hatte keine Ahnung, dass sich über ihm schon das Unheil zusammenbraute, das seinen Plan bald zunichte werden ließ.

Dreiunddreißigstes Kapitel

„Hallo!"
Moor dachte zuerst, er träumte, denn er fühlte, als würde er schweben. Erst langsam kamen wieder die Erinnerungen zurück und dann öffnete er die Augen.
„Hallo!"
Er blickte nach unten und sah die gähnende Tiefe und den zerschmetterten Körper von Holzmann. Sofort kamen ihm schlagartig wieder alle Bilder vor die Augen. Er erschrak und blickte nach oben, wo er das Seil sah, an dem er hing.
„Hallo!"
Er bemerkte jetzt erst die weibliche Stimme, die von der Seite kam. Er drehte den Kopf leicht und erkannte jetzt etwa zwanzig Meter rechts über sich die Gestalt einer Frau, die in Richtung des Plateaus unterwegs war.
„Hören sie mich?"
Moor nickte schwach. „Ja!"
„Geht es Ihnen guad?"
„Ich hoff's!"
„Können Sie sich nach oben ziehen?"
Moor versuchte, das Seil zu packen, doch die schmerzenden Muskeln ließen das nicht zu.
„Nein, I kann nimma!"
Die Frau legte in Rekordzeit den Weg zum Plateau zurück und löste das Seil von ihrem Körper. Sie kniete sich hin und nahm die Druckluftpistole, mit der sie einen Sicherungshaken in die Erde versenkte. Der Knall war weithin zu hören und Moor dachte schon, jemand hätte geschossen.

Sie befestigte das Seil und ließ es nach unten gleiten.
Moor sah die rettende Leine neben sich auftauchen und schaffte es endlich, eine Hand auszustrecken und das Seil in seinem Gürtel zu befestigen.
Die Frau blickte nach unten. „Jetzt hören´s mir genau zu, Sie lösen die defekte Leine und halten sich mit beiden Händen am Seil fest. Ich werd´ Sie dann langsam hinunterlassen, soweit das Seil reicht. Wenn das Ende erreicht ist, dann suchen Sie sich eine Stelle, an der Sie festen Halt haben. Dann ziehen´s zweimal an der Leine und I komm´ dann runter."
Moor nickte. „I versuch´s!"
Die Frau packte das Seil und Moor löste sich von dem Seil, das ihm das Leben gerettet hatte. Er blickte nach oben und die Frau nahm all ihre Kraft zusammen. Sie ließ das Seil langsam und vorsichtig durch die Hände, die mit Handschuhen geschützt waren, nach unten gleiten.
Moor war erleichtert und sah den Grund langsam auf sich zukommen.
Das Seil war etwa fünfzig Meter lang und bald zu Ende.
Moor fühlte, wie es sich endgültig straffte und fand mit den Steigeisen einen größeren Vorsprung, auf dem er mit beiden Beinen Halt fasste.
Er zog sich an die Wand und gab dem Seil zwei Rucke.
Sofort löste die Frau das Seil und befestigte es wieder an ihrem Gurt. Sie stieg über die Kante und kam mit einer Leichtigkeit zu Moor hinunter, die er bewunderte.
Fünf Minuten später befand sie sich neben ihm und jagte einen weiteren Haken in die Wand, an dem sie das Seil befestigte.
Erst jetzt blickte sie ihn aus ihren himmelblauen Augen

an.
Ihr Gesicht war jugendlich, auch wenn Moor sie auf etwa 30 Jahre schätzte und ihr Lächeln hatte etwas Ansteckendes.
„I bin die Victoria und anscheinend dei´ Retterin."
Moor lächelte schwach. „Moor, Kommissar von der Garmischer Polizei."
„Und was machst hier auf dem Berg?"
„Lange Geschichte, es wär´ mir liaba, wenn ma erst runterkommen, dann erzähl´ I dir alles."
Sie nickte. „Guad, dann lass´ I dich wieder weiter runter. Unten suchst Dir wieder an Platz."
„I woas scho´!"
Sie suchte Halt und ließ ihn wieder am Seil hinunter. Moor war froh, nicht viel machen zu müssen, denn er war am Ende seiner Kräfte.
Eine Stunde später kam er endlich am Fuße der Wankenwand an und sank mit einem erleichterten Seufzer ins Gras.
Fünf Minuten drauf stand Victoria neben ihm und löste das Seil aus dem Gürtel. Sie kniete sich neben ihm hin und löste die Steigeisen von seinen Füßen und dann ihre eigenen.
Moor ließ sich von ihr einen Schluck aus ihrer Wasserflasche geben, die sie aus ihrem Rucksack geholt hatte und trank gierig.
Dann richtete er sich wieder auf und kam langsam wieder zu sich. Er löste seinen Rucksack und öffnete seine Jacke, dann zog er die Handschuhe aus und reichte Victoria die rechte Hand.
„Vielen Dank, dass Du mir das Leben gerettet hast."

Victoria wollte schon etwas erwidern, dann fiel ihr Blick auf die Leiche von Holzmann, die etwa zehn Meter weiter seitlich lag.
„War der mit Dir unterwegs?“
Moor nickte. „Der is´ um´bracht worden von dem dritten Mann, der mit uns unterwegs war.“
„Und wo ist der?“
Moor zuckte mit den Achseln. „Koa Ahnung, der is´ wahrscheinlich scho´ weit weg.“
Victoria ging zu der Leiche und warf einen Blick darauf. „Des Seil is´ durchgeschnitten worden.“
Moor nickte wieder. „Des hab´ I live mitbekommen.“
Sie kam wieder zu ihm und holte ein Handy aus ihrer Jackentasche.
„Soll I deine Leut´ anrufen?“
Moor ließ sich das Handy geben und wählte die Nummer von Angelika Segener.
„Des werd´ jetzt glei´ a Donnerwetter geben, aber des übersteh´ I scho´!“
Victoria griff in ihren Rucksack und holte ein Wurstbrot heraus.
„I iss´ dawei, bis die kumma, dauerts wahrscheinlich eh´ a Weile.“
Moor lachte kurz, dann meldete sich seine Chefin am anderen Ende der Leitung.
„Hier Moor, wir haben eine weiter Leich´, den Täter identifiziert und an Kommissar, der gern abgeholt werden möchte.“

Vierunddreißigstes Kapitel

Zwei Stunden später saß Moor einigermaßen erholt, jedoch völlig durchgeschwitzt auf dem Stuhl in Angelika Segeners Büro und lehnte sich zurück. Er hatte seinen Bericht mündlich abgegeben und seine Vorgesetzte saß mit verschränkten Armen hinter ihrem Schreibtisch und ließ die Ereignisse der letzten Stunden erst einmal sacken.
Nach einer minutenlangen Stille beugte sie sich vor und tippte mit den Fingernägeln ungeduldig auf der Oberfläche des Tisches.
„Ich habe Sie gewarnt, dass es gefährlich werden kann. Sie haben Glück, dass Sie no am Leben san!"
Moor blickte auf. „Leider hat des dem Holzmann nimmer geholfen."
„Wenn Sie ihre Verdächtigen auf diese Weise immer so eingrenzen, dann kriegen mir mehr Leichen auf den Tisch, als mir liab san."
„Beim nächsten Mal mach´ I des besser."
„I will´s hoffen."
Sie warf einem ihrer Mitarbeiter, der hinter Moor stand, einen Blick zu.
„Schauen Sie zu, dass wir den Haftbefehl gegen den Brecht so schnell wie möglich bekommen."
„Ja, Frau Segener!"
Der Mann drehte sich um und verließ das Büro, während Moor ruhig sitzen blieb. Angelika erhob sich und kam um den Tisch, bis sie vor Moor stand.
„Wir wissen jetzt zwar, wer den Angerer und die anderen umgebracht hat, aber der Kerl kann überall sein. Wenn er

klug ist, dann is´ er scho´ sonst wo. I werd´ auf alle Fälle Interpol einschalten und die Flughäfen überwachen lassen, doch der Kerl hat genügend Vorsprung gehabt, dass er inzwischen scho´ mit am Flieger in der Luft sein kann."
Moor lächelte schwach. „Wenn I ned in der Wand g´hangen wär´, dann hätt´ ich Sie mit dem Handy angerufen, doch wenn man über einem Abgrund hängt, dann hat man glaub´ I andere Gedanken."
Angelika schüttelte den Kopf. „Lassen wir das, Sie haben trotzdem hervorragende Arbeit g´leistet. Auf den Brecht wär´ I jetzt ned unbedingt gekommen, I hab´ immer den Holzmann unter Verdacht g´habt."
„Oder einen der Firmenmitarbeiter!"
„Soweit waren meine Leut´ noch nicht. Sie werden trotzdem einen Bericht über die Sache heut´ abfassen, aber so, dass ihre leichtsinnige Handlung ned so auffällt. Ich möcht´ Sie nicht verlieren."
Moor erhob sich und blickte seine Vorgesetzte an.
„I werd´ der Sybille den Bericht diktieren, denn meine Finger san im Moment zu nix zu gebrauchen. Dann werde ich mit ihrer Erlaubnis nachhause fahren und mich wieder einigermaßen in Ordnung bringen."
Angelika nickte. „Machen Sie das, morgen früh möcht´ ich Sie in alter Frische hier sehen, dann haben wir den Haftbefehl und können die Suche nach dem Brecht voll anlaufen lassen. Die Erika ist schon benachrichtigt, die hilft Ihnen dann wieder. Jetzt machen´s, dass Sie den Bericht abliefern."
„Sehr wohl!"
Er verließ das Büro und ließ sich an Sybilles Schreibtisch

auf einen Stuhl sinken.
In einer halben Stunde hatte er ihr seinen Bericht diktiert und ihr noch einige Hinweise gegeben, wie sie sein Verhalten darstellen konnte, dann taumelte er mehr oder weniger aus dem Dezernat und stieg in seinen Wagen, der inzwischen von einem Kollegen geholt worden war. Er setze sich ans Steuer und lenkte den Wagen vom Parkplatz.
Einige Zeit später stand er unter seiner Dusche, die Kleidung lag einfach davor aufgestapelt und ließ die erfrischende Nässe über seinen zerschundenen Körper laufen. Er drehte den Kaltwasserhahn voll auf und blieb unter dem Strahl, bis er es nicht mehr aushalten konnte, dann stieg er aus der Wanne und schlüpfte in den Bademantel.
Er ging ins Wohnzimmer und trat an die Bar. Er nahm eine Flasche Wodka aus dem Regal, öffnete sie und nahm einen großen Schluck. Dann setzte er sich auf die Couch und lehnte sich zurück.
Er dachte noch einmal an die vergangenen Stunden und schwor sich, nie wieder so ein Risiko einzugehen. So schnell wollte er auch nicht wieder auf einen Berg hinauf, wenigstens nicht mit so einer Gesellschaft, wie er sie heute gehabt hatte.
Er stellte die Flasche auf den Tisch und griff zum Telefon. Er wählte die Nummer von Edeltraud und hörte einen Moment später ihre vertraute Stimme.
„Ich bin´s!“
Sie hörte sich erleichtert an, als sie fragte: „Bist Du in Ordnung?“
„Nicht ganz, I würde es begrüßen, wenn Du schnell

vorbeikommen könntest, I brauch a bisserl Pflege für heute Abend."
„I bin sofort unterwegs."
Sie hängte auf und Moor ließ den Hörer sinken, dann schloss er einen Moment die Augen und atmete ein paar Mal durch.

Fünfunddreißigstes Kapitel

Es war gegen 20 Uhr, als Moor mit geschlossenen Augen in seiner Badewanne lag und die geschundenen Knochen entspannte. Er hatte den Kopf an die Hinterkante der Wanne gelegt und fühlte, wie die Kräfte langsam wieder in seinen Körper strömten.
Edeltraud trat ins Bad und kniete sich neben die Wanne. Sie streichelte über sein nasses Haar und betrachtete die zahlreichen Schürfwunden an seinen Armen.
„Mach´ nie wieder so an Blödsinn!"
Moor öffnete die Augen und blickte sie an. „Ich werde es versuchen."
„Du hättest leicht dabei umkommen können, des is´ dir scho´ klar?"
Er nahm ihre Hand in seine und drückte sie leicht. „Ich versprech´ es. Nie wieder so an Blödsinn."
Sie lächelte und küsste ihn auf die Stirn, dann erhob sie sich und hielt ihm das Handtuch hin.
„Jetzt raus, damit wir feststellen, ob no alles in Ordnung is´!"
Er stand auf und stieg aus der Wanne, dann legte sie ihm das Handtuch vorsichtig auf die Schultern und trocknete ihn langsam ab. Moor kniff die Augen zusammen, da selbst diese Tätigkeit noch Schmerzen verursachte, doch nach zwei Minuten stand er vor dem Spiegel und betrachtete sich lange.
„Hätt´ schlimmer kommen können."
Er rasierte sich und zog dann Boxershorts an, während Edeltraud ins Wohnzimmer ging und für sie beide Gläser auf den Tisch stellte.

Sie schenkte gerade Weißwein ein, als Moor eintrat und sich auf die Couch sinken ließ.
Er nahm das Glas und wartete, bis Edeltraud neben ihm Platz genommen hatte, dann prosteten sie sich zu und nahmen einen Schluck.
Moor lehnte sich zurück und blickte vor sich hin.
„Himmlisch!“
Edeltraud lehnte sich an seine Schulter und hielt seine Hand fest.
„Am besten, Du nimmst glei´ no´ a paar Wochen Urlaub, damit Du wieder in Ordnung kommst.“
Er schüttelte den Kopf. „Erst, wenn wir Brecht hinter Gittern haben, der Kerl entkommt uns dieses Mal nicht.“
„Wenn die Angelika ihn überhaupt finden kann.“
„Der is´ noch in Europa, da geh´ I jede Wette ein. Der denkt, I lieg´ neben dem Holzmann in der Leichenhalle und alle gehen wieder von einem Unfall aus. Aber da hat er sich geschnitten.“
Edeltraud blickte über sein Gesicht. „Jetzt lass´ erst einmal die anderen die Arbeit macha, die soll´n sich auch einmal anstrengen.“
Moor lächelte wieder. „Die Erika wird ihnen schon Feuer unter dem Hintern machen.“
„Sicher!“
Er leerte sein Glas und stellte es auf den Tisch. Er atmete tief durch und sie saßen Kopf an Kopf auf der Couch.
Edeltraud streichelte wieder über seinen Arm und meinte dann: „Willst scho´ ins Bett?“
Moor schüttelte den Kopf. „Bleiben wir einfach da sitzen und genießen die Stille.“
„Auch recht.“

Sie schwiegen und die Stille legte sich über die Wohnung, während die beiden sich einfach nur in den Armen hielten.

Sechsunddreißigstes Kapitel

Am nächsten Morgen betrat Moor gegen 10 Uhr das Präsidium und begab sich in sein Büro. Erika saß schon auf ihrem Platz und begrüßte ihn freudig. Nach einiger Zeit konnte er sich endlich selbst hinsetzen und blickte auf seine Partnerin.
„Und, wie sieht es aus?"
Erika zuckte mit den Achseln. „Die Interpolfahndung läuft seit gestern Abend. Die Flughäfen und Häfen haben bis jetzt alle negative Meldungen gebracht. Geflogen ist der Kerl auf alle Fälle nicht. Vielleicht is´ er mit dem Auto auf der Flucht und sucht sich no´ a guads Versteck."
Moor blickte auf, als Angelika Segener eintrat. Sie blieb neben seinem Tisch stehen und sah ihn an.
„Na, alles wieder in Ordnung?"
„Mehr oder weniger, die Knochen schmerzen no´ g´scheit, aber des kommt scho´ wieder in Ordnung!"
Angelika lächelte. „Super, Sie haben von der Erika sicher scho´ erfahren, dass wir bis jetzt koa Glück g´habt haben."
Moor nickte. „Der Kerl taucht sicher irgendwo auf, da besteht koa Zweifel. Der denkt, alles hat sich nach seinem Willen entwickelt. Vielleicht brauchen wir ihn bloß vor seiner Villa oder der Firma einsammeln."
Erika schüttelte den Kopf. „So blöd, glaub´ I, is´ der nicht unbedingt."
Angelika stimmte ihr zu. „Na, der wird nicht so an blöden Fehler machen. Wir werden scho´ a bisserl warten müssen, bis wir a Spur von dem Kerl kriegen."

Hinter ihnen wurde an die Tür geklopft und Moor erkannte Victoria, die mit fragendem Blick ins Büro starrte.
„Bin I hier richtig?“
Moor erhob sich und ging ihr entgegen. „Auf alle Fälle, was verschafft mir die Ehre?“
Er schüttelte ihr die Hand und führte sie an den Tisch, wo er ihr einen der Besucherstühle anbot, auf dem sie Platz nahm.
Victoria nickte den beiden Frauen zu und meinte dann: „I wollt´ bloß meine Aussage machen, falls noch einige Fragen offen sein sollten.“
Angelika sagte: „Des können Sie bei den beiden Kollegen hier machen, I bin die Angelika Segener, die Chefin hier!“
Victoria reichte ihr die Hand. „Victoria Schachtner!“
Moor lächelte. „Mei´ Lebensretterin.“
„Unter anderem.“
Moor nickte Erika zu, die sich an den Computer setzte und die entsprechende Datei öffnete. Sie gab Name und Adresse von Victoria ein und blickte dann wieder auf. „Also, schildern´s und doch, wie Sie den Kollegen Moor so vorgefunden haben.“
Victoria lachte kurz und begann dann mit ihrem Bericht, dem Moor auch nicht viel hinzu zu fügen hatte. Nach wenigen Minuten hatte Erika den Bericht fertig und schickte ihn an Sybille Müller.
Angelika stand noch immer bei ihnen und wandte sich jetzt an Victoria.
„Sie haben den Täter nicht mehr gesehen?“
„Nein, als ich kam, war der schon über alle Berge!“

„Schlecht, sonst hätt´ ma´ sicher einen Anhaltspunkt g´habt, wo er hin ist.“
Victoria blickte auf. „Wie hoast der Kerl eigentlich?“
Moor runzelte die Stirn. „Hat des Eano no´ koana g´sagt?“
Victoria zuckte mit den Achseln. „I wüsste koan, der mir an Namen g´sagt hat.“
Angelika schüttelte den Kopf. „Da haben die Kollegen vor Ort wieder nicht richtig aufgepasst. Der Mann hoast Phillip Brecht und is´…“
Victoria horchte auf. „Der Phillip? Den kenn´ I doch!“
Die drei Beamten rissen die Köpfe hoch. Erika blickte sie fragend an.
„Woher kennen Sie den Brecht?“
„Na, vom Bergsteigerverein!“
Moor schlug die Hände über dem Kopf zusammen.
„Natürlich, woher sonst? Sie wissen ned zufällig, wo er jetzt sein könnte?“
Victoria blickte über seine Schulter auf den hinter ihm an der Wand hängenden Kalender.
„Wo er jetzt is´, woas I sicher nicht, aber I weiß, wo er in zwoa Tagen sein wird.“
Angelika trat zu ihr und beugte sich zu ihr hinunter.
„Machen´s koan Schmarrn, woher wissen Sie des?“
Victoria lächelte. „Die Bergsteiger san an verschworene Gemeinschaft, da redet man scho´ über die eine oder andere Tour und der Phillip hat oft und viel über seine Touren geredet.“
Erika lehnte sich zurück. „Und wo is´ er in zwoa Tagen?“
„Da jährt sich der Tag der Erstbesteigung vom Petersköpfl im Zahmen Kaiser.“

Moor meinte: „Des is´ ja glei´ in der Nachbarschaft."
Angelika fragte: „Warum is´ er dann dort?"
Victoria antwortete: „Er hat immer nach der schnellsten Route dort hinauf gesucht und jedes Jahr am Tag der Erstbesteigung macht er einen neuen Rekordversuch. I´ geh´ jede Wette ein, dass er in drei Tagen dort zu finden ist."
Moor ließ die Schultern sinken. „Des war ja a Sach´, wenn der dort auftaucht."
Angelika blickte auf ihre beiden Untergebenen. „I werd´ auf alle Fälle Interpol benachrichtigen, dass die mit der Suche weitermachen, für alle Fälle. Aber die Chance is´ einfach zu gut, als dass wir sie außer Acht lassen könnten."
Moor nickte. „Des lass´ I mir nicht entgehen."
Erika erhob sich. „I auch nicht."
Angelika stemmte die Hände in die Seiten. „Jetzt mal langsam. Wir derfa´ koa Risiko eingehen, sonst riecht er am Ende no´ Lunte und verzieht sich wieder."
Victoria zuckte mit den Achseln. „Wenn ihr ungesehen dort hinauf wollt, dann bring´ I Euch da rauf, des is´ gar koa Problem."
Moor blickte von einem Gesicht in das andere. Er sah nur Einverständnis.
„Die Chance nutzen wir, des kann I Euch sagen. Dieses Mal entkommt uns der Kerl nicht."
Angelika nickte. „Guad, nehmen Sie drei von meine Leut´ und bereiten Sie alles vor, aber so geheim, wie es nur geht, sonst erfahren am Schluss no´ die falschen Leut´ davon und der Plan geht no´ schief."
Moor blickte Erika an und meinte dann: „Des lassen´s

nur unsere Sorgen sein, wir machen des ganz geheim."
Erika trat zu ihm und lächelte. „Dann mal los, Partner."
Sie verließen das Büro und machten sich an die Arbeit.

Siebenunddreißigstes Kapitel

Der zahme Kaiser bietet zahlreiche Gipfel, die für den geübten Bergsteiger kein Problem darstellen. Von Kufstein aus gelangt man über eine gut beschilderte Route über den Veitenhof, vorbei am Roggenkopf und dem Lahnköpfe zur Ritzaualm, die auf knapp 1200 Metern Höhe liegt.
Von dort aus hat man noch etwa 200 Höhenmeter zur Vorderkaiserfeldenhütte, von der aus man einen wunderschönen Blick auf die südlicher liegenden Gipfel hat und man teilweise bis zum Großvenediger blicken kann.
Von der Hütte aus hat man drei Möglichkeiten, weiterzugehen. Nordwärts geht es zur Naunspitze, südwärts in Richtung Zwölferkogel und der Mittelweg führt zum Gipfel des Petersköpfl, der auf 1745 Metern Höhe liegt.
Es gibt zwei Wege, dort hinaufzukommen, einen der für auch ungeübte Wanderer recht gut ausgetreten ist und ein wenig anspruchsvoll ist. Der andere Weg führt von der Rückseite vom Einserkogel, der auf knapp über 1900 Metern liegt, über einen Gebirgsgrat und eine Steilwand zum Petersköpfl.
Diese Route benutzen nur geübte Bergsteiger und selbst von denen gibt es nur wenige, die diese Route in den Wintermonaten benutzen.
So gesehen, kann man denjenigen, der es probiert, unter hunderten herausfinden und wenn jemand unterwegs ist, so ist er mehr oder weniger alleine, da sich um diese Jahreszeit sonst kaum jemand in diese Gegend des

Gebirges wagt.

....

48 Stunden nach den zuletzt geschilderten Ereignissen, lag das Kaisergebirge unter einem strahlendblauen Himmel. Alle umliegenden Gipfel glitzerten in der Mittagssonne und die Schneemassen sahen aus, wie ein Zuckerguss, der über einen Kuchen gekippt worden war. Phillip Brecht interessierte die Aussicht wenig. Er hing in der Steilwand vom Einserkogel kommend und sicherte sich gerade wieder ein.
Sein Blick galt der Armbanduhr, die ihm sagte, dass er noch 25 Minuten hatte, um den Rekord zu brechen und das wollte er unbedingt schaffen.
Er bekam mit den Steigeisen Halt und schob sich wieder ein Stück höher. Ein Blick nach oben sagte ihm, dass er noch ungefähr 15 bis 20 Meter zurückzulegen hatte, dann war der Triumph sein eigen.
Ein Lächeln fuhr über seine Lippen und er gönnte sich einen kurzen Moment der Rast, dann suchte er mit seinen Augen nach dem nächsten Vorsprung, an dem er Halt finden konnte.
Er fand einen Fels und testete den Halt, dann zog er sich wieder hoch und stand wieder ein Stück höher.
Sein Atem war ruhig und kontrolliert und seine Gedanken kreisten nur um den vor ihm liegenden Erfolg, den er in das kleine Gipfelbuch, das am Kreuz befestigt war, eintragen würde.
Sein Dasein würde kaum bemerkt werden und sein Rückzug über die Wand ebenso wenig. Sein Wagen stand

im Kaiserbachtal und war gut versteckt. Außerdem wusste ja niemand, dass er heute hier war.
Er blickte nach oben und erkannte den letzten Grat, der noch vor ihm lag. Er strengte sich an und mit einer letzten Kraftanstrengung zog er sich hoch. Er erhob sich und stand noch etwa zehn Meter vom Gipfelkreuz entfernt, das auf einer kleinen Anhöhe lag.
Er machte einen Rundblick und sah weit und breit niemanden, dann ging er langsam auf das breite Gipfelkreuz zu.
Er blieb einige Meter davor stehen und atmete durch, ohne auf den schmalen Aufstieg zu achten, der von Westen her zum Gipfel führte.
Er stand mit geschlossenen Augen da und genoss seinen Erfolg, dann griff er in die Jackentasche nach seinem Kugelschreiber und ging auf das Kreuz zu, wo er das Gipfelbuch schon hängen sah.
In dem Moment, wo er danach griff, ertönte hinter ihm die Stimme.
„Servus!"

Achtunddreißigstes Kapitel

Brecht schnellte herum und blickte auf Moor, der keine drei Meter hinter ihm stand und ihn anlächelte.
„Mit mir haben´s wohl nicht gerechnet, oder?"
Brecht richtete sich auf. „In der Tat, I hab gedacht, Sie liegen am Fuß der Wankenwand."
„Tut mir leid, aber ich hatte einen Schutzengel."
Moor blickte ihn ruhig an. „Herr Brecht, ich nehme Sie fest wegen Verdacht auf mehrfachen Mordes an Ludwig Angerer, Marius Gutschenleder, Patrizia Angerer und Toni Holzmann."
Brecht machte einen Satz auf Moor zu und stieß ihn zur Seite. Während Moor zu Boden fiel, ließ sich Brecht über die Kante fallen und hielt sich am Seil fest, das schnell abrollte.
Er sah die Wand vor sich und erkannte unter sich den kleinen Pfad, der in Richtung Westen nach Kufstein führte. Das Seil spannte sich schnell und er hatte das Gewicht nicht gerechnet, das er hatte.
Es gab einen Knall und das Seil riss, während Brecht mit Händen und Füssen Halt suchte. Er hatte mehr Glück als Verstand und landete fast unbeschadet auf dem kleinen Weg.
Mit einer unglaublichen Schnelligkeit schnallte er sich die Steigeisen von den Füssen und warf sie zur Seite, dann lief er in hohem Tempo den Weg entlang auf die Biegung zu, die ihn zur Hütte bringen sollte.
Er schnellte um die Ecke und blieb wie angewurzelt stehen. Ein paar Meter vor ihm stand Erika Merkner mit gezogener Waffe und lächelte ihn an.

„Wo willst´ denn so schnell hin?"
Brecht drehte sich um, doch gab es auch hier keine Fluchtmöglichkeit mehr. Angelika Segener war ihm auf dem Weg gefolgt und hatte ebenfalls ihre Waffe in der Hand.
„Herr Brecht, des bringt nix, Sie haben koa Fluchtmöglichkeit."
Brecht ließ die Schultern sinken und ging langsam wieder in Richtung Erika. Sie hielt Sicherheitsabstand und behielt ihn stets im Auge. Sie erreichten eine größere, freie Stelle, wo sie stehen blieben und Angelika den Rucksack von Brechts Rücken löste. Brecht setzte sich auf einen Stein am Rand und blickte die beiden Frauen an.
„Und jetzt?"
Er sah Moor vom Weg des Gipfels kommen und wenig später stand er bei ihnen.
„Jetzt haben Sie uns eine Menge zu erklären, aber des machen wir auf dem Präsidium, da haben wir mehr Zeit."
Sie blieben beieinander und Brecht erhob sich wieder. Er ging vor ihnen her, während die drei Beamten ihn immer im Auge behielten.
Zwei Stunden später erreichten sie die Hütte, vor der schon einige Einsatzwagen parkten und mehrere Beamte auf sie warteten.
Zwei Männer nahmen Brecht in ihre Mitte und legten ihm Handschellen an, während Angelika, Erika und Moor zusahen, wie sie ihn in den Wagen setzten und dann langsam den Feldweg in Richtung Kufstein davon fuhren.
Erika stecke ihre Waffe wieder ein und wandte sich an

„Der Fall is´ glaub´ I abgeschlossen."
Moor nickte. „Hören wir uns no´ seine Geschichte an, dann will I mich wieder auf andere Dinge konzentrieren."
Angelika deutete auf eines der Fahrzeuge. „Aber dieses Mal fahren wir runter!"
Sie lächelte und die drei Beamten stiegen in den Wagen.

Neununddreißigstes Kapitel

Gegen 15 Uhr richtete sich Angelika Segener auf und verschränkte die Arme. Brecht saß vor ihr im Verhörraum des Präsidiums und hatte seinen Bericht beendet. Sie nickte ihrem Mitarbeiter zu, der neben der Tür stand, der Brecht aus dem Raum in eine der Zellen im Keller führte.
Angelika ging ins Nebenzimmer, wo Erika und Moor gewartet hatten und blickte die beiden Kommissare an. „Damit is´ der Fall wohl ab´gschlossen."
Erika nickte. „Kaum zu glauben, dass sein Hass so groß war, nach dem Selbstmord seines Vaters. Er hat jahrelang darauf gewartet, dem Angerer die Schuld bezahlen zu lassen. Aber eigentlich hat der Angerer ja die Firma gerettet."
Moor zuckte mit den Achseln. „Des hat für den Brecht keine Rolle gespielt. Für ihn war Angerer der Grund, dass sein Vater keinen Ausweg mehr g´funden hat, als sich umzubringen. Dann hat er seine Freundschaft ausgenutzt, bei den Bergtouren mehr über ihn zu erfahren und hat schließlich auf einen günstigen Zeitpunkt gewartet, um seine Rechnung zu begleichen."
Angelika nickte. „Gutschenleder hat sich danach wieder mehr mit Patrizia befasst und Brecht hat die beiden öfter beobachtet. Dadurch is´ der Gutschi in die Schusslinie geraten und ebenfalls beseitigt worden."
Erika lehnte sich gegen den großen Spiegel, der den Blick in den Verhörraum freigab. „Und die Patrizia hat sich nicht mit ihm einlassen wollen, also hat er sie auch noch aus dem Weg geräumt."

Moor schaltete das Tonbandgerät aus, das alles aufgezeichnet hatte, was Brecht zu sagen gehabt hatte. „Dann hat er nicht g´wusst, was wir beide erfahren haben und hat sich daran gemacht, dass auch wir an tragischen Unfall haben werden.“
Angelika meinte: „Da hat er aber dann keine richtige Arbeit geleistet und is´ sich zu sicher g´worden. Scho´ komisch mit die Leut´, auf was für wahnsinnige Ideen die kommen, nur weil ihnen das Schicksal einen Streich g´spielt hat.“
Sie wandten sich um und traten auf den Gang hinaus. Angelika richtete ihre Schritte auf ihr Büro zu und drehte sich noch einmal zu den Kommissaren um.
„Guade Arbeit, ihr Zwoa, aber beim nächsten Mal möcht´ I nimmer so viel Morde haben. A schnelle Aufklärung und an lupenreinen geständigen Täter, des wäre scho´ etwas scheener.“
Erika nickte. „Wir bemühen uns.“
Angelika verschwand in Richtung ihres Büros, während Moor und Erika in ihr Arbeitszimmer gingen, wo sie den Abschlussbericht des Falles anfertigten.
Nach einer Stunde lehnten sie sich auf ihren Stühlen zurück und blickten sich an.
Erika meinte: „Jetzt brauch´ I erst mal ein paar Tage Abstand von der Sach´, sonst dreh´ I no´ durch.“
Moor lächelte. „Ich auch, die Angelika hat ja g´sagt, dass wir uns solange frei nehmen können, wie wir wollen.“
„Dann kann I endlich mei´ Wohnung fertig einrichten.“ Sie erhob sich und ging zur Tür. „Wir seh´n uns dann frühestens nächste Woch´, wenn I wieder in der richtigen Verfassung zum Ermitteln bin.“

Moor lachte. „Schönen Urlaub!“
„Danke, den kann I jetzt brauchen.“
Sie verließ das Büro und schloss die Tür hinter sich.
Moor dachte noch einige Minuten lang über den Fall nach, dann erhob er sich ebenfalls und machte sich auf den Heimweg.

Vierzigstes Kapitel

Die Dunkelheit war schon über Garmisch hereingebrochen, als Moor mit Edeltraud auf dem Balkon seiner Wohnung stand und auf die Lichter der Stadt blickte. Sie hielten sich in den Armen und hatten bis jetzt kaum gesprochen, nun brach Moor die Stille.
„Is´ doch schee da in die Berg´!"
Edeltraud nickte. „Himmlisch, jetzt können wir endlich die verdiente Ruhe genießen, ohne Gefahr zu laufen, dass uns a wahnsinniger Killer auf seiner Listen hat."
Moor legte seinen Kopf an ihren. „Der Brecht is´ sicher scho´ auf dem Weg nach München, da kann er dann in Ruhe darüber nachdenken, was er alles falsch g´macht hat."
Sie gingen wieder ins Wohnzimmer und Moor schloss die Balkontür. Sie setzten sich auf die Couch und blickten sich eine Zeit lang in die Augen.
Edeltraud lächelte. „Auf die Hütt´n fahren wir aber dieses Mal nimmer, des is´ Dir scho´ klar?"
Moor nickte. „I hätt´ eher an Sonne und Strand gedacht."
„Des hört sich scho´ besser an."
Moor nahm sie in die Arme und sagte dann: „Palmen, blaues Wasser, Pinacoladas."
„Noch besser."
Er küsste sie auf die Stirn. „Welche Richtung darf es denn sein?"
Sie zuckte mit den Achseln. „Mir egal, Hauptsach´ is´, mir san zusammen."
„Des sowieso."
„Dann überleg´ dir mal a guades Reiseziel."

„Mexiko!"
„Zu weit weg!"
Moor überlegte weiter. „Afrika!"
„Viel zu heiß!"
„Dubai?"
„Zu teuer!"
Moor blickte sie fragend an. „Was dann?"
Edeltraud lächelte. „Am besten bleiben wir einfach hier."
Moor nickte. „Warum in die Ferne schweifen, wenn das Gute so nah liegt."
„Dann komm´ her."
Sie umarmte ihn und sie glitten auf den Teppichboden, wo sie sich zärtlich küssten, während sie die Welt um sich vergaßen und nur noch an sich dachten.

Danksagung an:

Bea – für den Vorschlag, es mal mit Bayrisch zu versuchen.

Romy und Helen – für das gute Essen täglich.

Edeltraud – für den Tanzabend.

Patrizia – für die tägliche Ration Kaugummi.

Der nächste Teil der

Alpenkrimi – Trilogie kommt

sicher – irgendwann.

Ebenfalls von Thomas Rösl erhältlich:

G A P – Ein Alpenkrimi

Die Denver Verschwörung

Das London Komplott

Vierzehn Tage

Der Trapper

Freunde

Die Bombenparty

Fluch der Zeit

Der Einsatz des Lebens

Rio Alamo

Die Rache der Apachen

Flug zur Hölle

Nicolas – Mein erstes Jahr

Lara – Ein aufregender Tag im Leben einer 4-jährigen